刑事の慟哭

下村敦史

JN031010

双葉文庫

刑事の慟哭

プロローグ

真夏の太陽が照りつける中、横断歩道前に立った男は、赤色の信号機とアナログの腕時計を交互に確認した。秒針を眺めていると、チクタクチクタク、と聞こえないはずの音が聞こえる。

周りには、汗だくで信号待ちをする会社員たちの壁ができていた。一分一秒を惜しむように爪先《つまさき》を上下させている中年男や、逆に落ち着き払ってスマートフォンを凝視している若者、談笑している女たち――。

この中の大半はきっと出社するなり、仕事に追われ、夜遅くまで働くのだろう。うんざりしたため息が漏れる。

出社したくねえなあ、と思う。

些細《ささい》なミスをあげつらう先輩には毎日怒鳴られ、頭をはたかれ、面倒事を押しつけられる。上がらない営業成績に苛立《いらだ》つ上司は、常に八つ当たりの標的を探しており、目を付けられた自分は同期たちの前で惨めったらしく頭《こうべ》を垂れる役割を担わされている。

北朝鮮のミサイル発射の速報を見るたび、自分の会社に直撃してくれねえかなあ、と真剣に願う。

容赦のない日差しが肌をじりじりと焼く。髪の生え際から汗が噴き出し、流れ落ちて眼球に染みた。手の甲で目元をこする。

男は腕時計を見た。チクタクチクタク。そして信号機を見る。

——早く青に変われよ。

一歩でも先んじるため、人垣を押しのけて先頭に進み出たい衝動に駆られた。だが、もし難癖をつけられて絡まれたら、余計な時間を食ってしまう。

目の前を横切る大通りの信号がまず赤になった。行き交う車が停車し、数珠繋《じゅずつな》ぎになっていく。そして——少し遅れて歩行者用の信号がようやく青になる。

最前列の人間たちが一歩を踏み出し、後ろの人間が続く。だが、前に立つ若者は動きが遅かった。肩ごしに覗《のぞ》き込んだ先には、スマートフォンのゲームの画面——。

男は舌打ちした。肩口に軽くぶつかってやり、追い越して横断歩道を渡る。

「うおっ!」

真後ろから聞こえた若者の声。続けざまに地面を打つ硬質な音。相手のスマートフォンが落ちたのだと分かった。

——やっちまった!

内心焦ったものの、立ち止まったらややこしい事態になることが予想できたので、素知らぬふりで歩いていく。さっさと人ごみに紛れてしまう。木を隠すなら森の中だ。周りは似たようなスーツ姿だから、これでもう追《お》い縋《すが》られないだろう。

同時に苦笑が漏れる。

所詮、自分などはその他大勢の中の一人にすぎない。集団に交ざっただけで見分けもつかない端役なのだ。世の中には色んな分野で主役になって脚光を浴びる人間がいるというのに——。

早足で地下鉄の階段を下りていく。老人が手すりを摑《つか》みながら一段一段のんびり下りていた。

こっちは急いでんだよ！

他の人間たちと一緒に横を抜け、改札へ急いだ。ICカードをタッチしようとした瞬間、ブザーが鳴り、残高不足だった前の人間が引き返してくる。

何だよ！

睨《にら》みつけてやると、学生服の青年は申しわけなさそうに頭を下げ、そそくさとチャージしに去って行った。

男は運の悪さを嘆きながら改札を抜けた。競歩選手になった気分で歩き、都営地下鉄新宿線のホームへ向かう。

電車の到着は何分後だ？

電光掲示板を見上げ、思わず目を剝《む》いた。

『人身事故の影響で、到着が遅れております』

ゴミ箱でもあれば、迷わず蹴飛《けと》ばしただろう。

十中八九自殺だと分かる。迷惑極まりない。いじめかパワハラか。よもや恋愛関係のもつれではないだろう。

ホームに集まる者たちの空気は張り詰めていた。誰かが「死ぬなら他の路線にしろよ」とつぶやく。批判する者は一人もいない。

理不尽なしごきはこちとら毎日経験しているんだよ、という反発がむくむくと湧《わ》き上がってくる。早々に人生から逃げた人間が、限界ぎりぎりで踏ん張っている人間に迷惑をかけるなよ、と思う。

男は再び腕時計を凝視した。タイムリミットまでの残り時間を煽《あお》り立てるように、秒針は容赦なく回っていく。首筋がぴりぴりし、神経がささくれ立つ。

五分寝坊した結果がこれだ。一本前の電車に間に合えば、今ごろ新宿に着いていたのではないか。

杖で地面を叩《たた》きながら「電車はどうした！」と駅員に怒鳴っている老人もいる。スマートフォンで友達に愚痴っている女子高生もいる。会社の先輩後輩なのか、年上の男から電車の遅れの文句を一身に受けている若者もいる。

一分一秒が経過するたび、誰もが爆発しそうになっていた。

チクタクチクタク。

七分遅れで電車が到着した。列には大勢が並び、はみ出している。空気音と共にドアが開くなり、そんな全員が一斉に乗り込もうとする。

男は押し合いに負けないように進み、車内に割り込んだ。汗の臭いがむんむんと充満する中、体を押し付け合いながら電車に揺られる。

狭苦しく、腕時計を見ることもできない。両腕を下ろしたまま、汗も拭えずにただただ耐え忍ぶしかない。隣の中年男の腋《わき》ジミから悪臭が漂ってくる。

エアコンが動いていても、鮨詰《すしづ》めではその効果も薄い。暑さは人を余計に苛立たせる。

車両の反対側からは、「足、踏んだろ」と男の声がする。

新宿駅に着くと、大半が下車した。男は人であふれる駅の中を半ば駆け、西口から外に出た。百貨店前のロータリーでは、バスやタクシーが人を飲み込んでは発車していく。

呼吸のたび、熱気で口内と喉《のど》から水分が奪われた。

オフィス街へ向かうと、青空をいびつに切り取る高層ビル群を睨みつけた。退社後の深夜に仰ぎ見たら巨大な真っ黒い墓石に見える建物も、朝は健全に見える。

だが、会社に着けば上司や先輩の爆発が待っている。怒鳴り声が頭上に炸裂《さくれつ》するさまが今から想像でき、嫌気が差す。

横断歩道を駆け渡ろうとした瞬間、またしても信号が赤に変わった。一歩を踏み出そうとしたまま体が止まる。大型トラックが突っ込んできたから仕方なく身を引く。

クソッ――と口走ったとたん、隣のＯＬ風の美人が嫌悪感剝き出しの顔を向けてきた。睨み返すと、相手はすぐさまそっぽを向いた。

小馬鹿《こばか》にしたようにくすくすと笑われなかっただけましか。

苛立ちを嚙《か》み殺しながら信号が変わるのを待つ。

頭の中では、タイムリミットに迫る秒針の音が響き続けている。

信号が青に変わったとたん、誰よりも早く歩きはじめた。迷いなく突き進むと、前から向かってくる人の集団が割れ、避けていく。意志の勝利だ。

横断歩道を渡り終えると、カレー屋やカフェの前を突っ切った。次の信号にまた捕まる。大通りではなく、小さな交差点だ。赤信号でも車が来ていなければ渡れる。だが、残念ながら車は何台も目の前を間断なく通過していく。

男は首筋を搔《か》き毟《むし》りながら待った。連絡だけはしておいたほうがいいと思い至り、携帯を取り出した。上司の名前を選択し、コール音を聞く。針を束にして飲んだように胃がきりきりしはじめる。遠くから聞こえたクラクションでも耳鳴りがした。

上司が出るや、こちらが何も言わないうちに怒声が鼓膜を打った。続けざまに罵声《ばせい》が飛んだ。耳鳴りが強まり、こめかみが疼《うず》く。

口汚い言葉が漏れ聞こえているせいで、周りから驚きの眼差しが集まっていた。

外聞を気にしている余裕はなく、ひたすら謝罪する。それでも上司の罵詈雑言《ばりぞうごん》は収まらない。

青信号になるも、一歩を踏み出せなかった。他の人間たちが追い越して歩いていく。

「――分かったな！　さっさと来い！」

男は「はい」と答えてから電話を切った。ため息をつく。

上司の罵声を早々に浴びてしまうと、とたんに足が重くなった。鉛入りのブーツを履いているかのように。

遅刻した時間が一分一秒延びるたび、〝罪〟が重くなるのは承知していても、足が動かない。どうせ改めて怒られるんだから、むしろ一分一秒でも先延ばしにしたい。

横断歩道の前で立ち尽くしたまま、何げなく横を見ると、路肩に宅配の配送トラックが停車していた。配達員が段ボール箱を運んでいる。汗まみれの顔に滲《にじ》み出る疲労感――。

車体にデザインされているのは、以前、過酷な労働実態とパワハラで批判を浴びた配送会社の社名だった。配達員が客の荷物を宅配せずに放置したり、粗雑に扱ったり、蹴飛ばしたり――。たびたび不祥事がニュースになっている。たぶん、ストレスフルな職場なのだろう。正直、配達員に共感してしまう。

紙袋を胸に抱えた短髪の中年男がゆらゆらと近づき、配達員の肩を叩いた。

「お前、箱、落とすなよ」

中年男が指差した先――建物の植え込みの陰に段ボールの小箱が落ちていた。

配達員は困惑顔を見せている。

「な、何の話ですか」

「何の話じゃねえだろ」

「あのう。仕事の邪魔なんで……」

　配達員は荷台から別の荷物を取り出そうとした。中年男がスマートフォンを取り出し、構える。

「お前の会社、炎上させてやるからな。クビだぞ、クビ。配達員が荷物を投げ落としました ー、と」

　配達員は嘆息混じりに中年男を見返した。

「もう、何なんですか、一体」

「はいはい、荷物を放置と」

「……勘弁してくださいよ、もう。知りませんよ、あんな箱」

「言い逃れしてんなよ、不良配達員が！　ネットで燃えろ！」

　配達員は疲労感に押《お》し潰《つぶ》されたかのように肩を落とし、植込みの陰の小箱に近づいた。抱え上げ、ぶつぶつとつぶやきながら歩いていく。

　中年男は配達員の背中に向けて中指を立てると、怒りを撒《ま》き散《ち》らすような足取りで反対方向へ歩み去った。

　配達員はビルの前で振り返ると、きょろきょろと周囲を確認し、自動ドアのそばに小箱を放置した。まるで、分別していないゴミ袋を他人の家の前に置き捨てるように。

――おいおい、それじゃ配達したことにはならないだろ。

配達員が踵《きびす》を返したとき、目が合った。しまった。顔を背けておけばよかった。だが、バツが悪そうに目を逸《そ》らしたのは相手だった。逃げるように配送トラックに戻っていく。そして――一刻も早くその場を離れたそうにエンジンをかけ、発車させた。

誰も彼も余裕がない社会だな、と思う。世の中は不満と攻撃的な感情であふれ返り、ぎすぎすしている。

男は腕時計を確認した。秒針が容赦なく進んでいく。

チクタクチクタク。

してもいない音を聞きながら横断歩道を渡った。時間に追い立てられる。

出社した社員らしき青年が段ボールの小箱に気づき、首を捻《ひね》りながら取り上げ、ビルの中へ入っていく。

男はビルを一瞥《いちべつ》した。毎日通勤の途中に目にするこの化粧品会社『ビューティー・ネロ』は、過労自殺がニュースに取り上げられた悪名高い〝ブラック企業〟だ。一時期は建物の前で市民団体が抗議の怒声を上げていた。それでも体質が改善したとは言い難く、過酷な労働実態の内部告発がしばしば匿名でネット上に書き込まれる。

逆らえない社員を奴隷扱いして搾取する悪徳企業なんか、さっさと潰れたらいいのに――。

チクタクチクタク。

一睨みしてから建物の前を通ろうとした瞬間、耳を聾《ろう》する爆音が炸裂した。爆炎と共にガラス片が飛び散った。男は反射的に顔を庇《かば》いつつ身を捻った。衝撃波が全身に叩きつけられる。ふらつき、街路樹に寄りかかった。

一体何が起きた――?

街路樹を抱き締めたまま、恐る恐る顔を向けた。ビル一階の窓ガラスは粉々になり、ぎざぎざの穴から黒煙と炎の真っ赤な舌が這《は》い出ている。歩道に散乱したコンクリート片や木屑《きくず》、ガラス――。

ガス爆発――か?

非現実的な光景に理解が追いつかず、しかし、心臓だけは早鐘を打っていた。

あと数歩進んでいたら爆風の直撃を受けていた。ガラスの破片が全身に突き刺さり、大怪我《おおけが》をしていたかもしれない。

突然、手の甲に痛みを覚えた。見ると、切り傷があり、血が一筋垂れていた。知覚していないだけで実は他にも怪我しているのではないかと疑い、体じゅうを確認した。幸い怪我らしい怪我はなかった。爆発の規模を考えれば、奇跡的だったと安堵《あんど》する。

爆発がもう少し早ければ遅刻の口実にできたのに――。命拾いしたと分かったとたん、出社中だったという現実がのしかかってくる。

『ビューティー・ネロ』の自動ドアが開き、悲鳴と共に人々が駆け出てきた。我先にと現場を離れようとする社員たち。化粧をばっちり決めた女性社員はヒールが折れ、倒れ伏した。禿頭《とくとう》の男性社員が彼女に躓《つまず》き、覆いかぶさる。若い男性社員は二人を避け、一目散に逃げる。

隣接するビルからも人々が出てきていた。向かいの通りの車は、青信号なのに何台も停車していた。クラクションが鳴り渡っている。

黒煙と炎を吐き出す窓を遠目に見ると、燃え盛る室内の床に倒れ伏す人影が視認できた。爆発の直撃を受けたのか。

遠くからサイレンの音が聞こえてくる。

周りを見回すと、野次馬が遠巻きにしていた。何人かがスマートフォンで撮影している。

事の顛末《てんまつ》は気になるものの、事情聴取などで足止めされては敵《かな》わない。これ以上、遅刻するわけにはいかないのだから。

男は爆発現場に背を向け、二百メートル先の会社まで駆けはじめた。

1

中沢剛《なかざわごう》は派遣先から帰宅すると、アパートの郵便ポストを開けた。親しい知り合いもなく、入っているものといえば光熱費などの請求書や不要なチラシの類いだけ。今日もそうだと思いきや――。

『東京地方裁判所』

茶封筒の文字を見たとたん、心臓が跳ね、冷や汗が滲み出た。

誰かから訴えられたか？

思い当たる罪状――動画の違法ダウンロードや立ちション、釣り銭のごまかし――が脳裏を駆け巡る。

緊張に高鳴る心臓を意識し、その場で開封した。勢い余って中の手紙が滑り落ちた。拾い上げて広げる。

恐る恐る文面に目を這わせた。

『裁判員等選任手続期日のお知らせ（呼出状）　当裁判所で審理を行う刑事事件について、裁判員（及び補充裁判員）を選任する手続を行いますので、11月21日午前9時45分に当裁判所裁判員候補者室までお越しください。なお、あなたが裁判員（又は補充裁判員）に選任された場合には、11月21日から翌年2月9日までの間、裁判員（又は補充裁判員）として参加していただくことが予定されています』

意味を理解するにつれ、心音が鎮まっていく。

何だよ、裁判員か。紛らわしいな。

注意事項には『裁判所にお越しの際は、この書面と認め印をお持ちください。正当な理由がなくこの呼出しに応じないときは、10万円以下の過料に処せられることがあります』と記されていた。

中沢は舌打ちすると、通知を握り締めたまま部屋に入り、朝食のカップ焼きそばの空箱が出しっ放しの座卓へ放る。

そういや去年の十一月ごろ、裁判員候補者名簿に名前が載ったという通知が届いたな、と思い出す。調査票には『仕事が忙しいから無理』と記して返送したのだが……まさか自分が選ばれるとは思いもしなかった。

宝くじは全く当たらないくせに、余計なものばかり当たる。

面倒臭《くせ》えの。

中沢はレトルトのカレーを電子レンジに突っ込み、タイマーを回した。

待っている一分五十秒でスマートフォンを取り出し、カメラモードに切り替える。座卓の上の封筒を撮影し、短文と一緒にSNS《ツイッター》に投稿する。

中沢G『裁判所から呼び出された！　選任手続きのために裁判所まで来いってさ。んな面倒なの、行きたくねえ（笑）』

つぶやき終えたとき、電子レンジが鳴った。カレーを取り出し、封を切ってご飯にかける。

食事していると、スマートフォンが軽妙な音を立てた。指で画面を撫《な》でてスリープモードを解除する。ツイッターの通知欄に『3』と表示されていた。

誰かから何かしら反応があった知らせだ。

カレーを咀嚼《そしゃく》しながらベルマークをタップすると、先ほどのつぶやきを『いいね』──お気に入りに登録すること──したアカウントが一つ、返信《リプライ》してきているアカウントが二つだった。

結月《ゆづき》『ご愁傷様。私ももし選ばれたら行きたくないなあ』

りばーす。『それって公表したら駄目なんじゃないの?』

中沢はコンビニで買ったペットボトルの茶を取り出し、キャップを捻った。口をつけ、喉を鳴らす。

そして、二つのリプライに返事する。

中沢G『だよね。マジ勘弁』

中沢G『裁判員に選ばれたってツイートしてるアカウントは他にもちらほらあるし、駄目ってことはないんじゃないの?』

すぐさまリプライがあった。

りばーす。『そうなの?　ならいいけど。気をつけて!』

いちゃもんをつけられたのかと思いきや、どうやら純粋に心配してくれただけのようだ。

中沢はカレーを食べながら、合間にツイートを続けた。

中沢Ｇ『期日に呼び出し状と印鑑を持参して裁判所へ来いってさ』

中沢Ｇ『日当は一万円出るらしいし、ブラック派遣業の俺には魅力的だけど、やっぱ裁判とか面倒！』

中沢Ｇ『俺なんか選んだら誰でも死刑にしちゃうぞ～（笑）』

連続ツイートに対し、同情や励ましのリプライがある。適当に同調しているうち、カレーを食べ終えた。

落ち着くと、スマートフォンをスリープさせ、風呂《ふろ》に入った。浴槽は脚をかなり折り畳んで浸からねばならないほど狭い。住みはじめてから壁のタイルの掃除をしていないので、少し黴《かび》臭い。宝くじが当たればもっといい部屋へ引っ越すのに——と毎日思う。

風呂から上がると、ドライヤーで髪を乾かしながら再びスマートフォンをチェックした。

ツイッターのアカウントにＤＭ《ダイレクトメッセージ》が届いていた。ＤＭは外部から読まれない個人間のやり取りだ。内々の話をしたいときに利用する。

誰だろう。誰からでもＤＭを受けつける設定にしているため、ときどきクソみたいなアカウントからも送りつけられてくる。

封筒マークをクリックした。

正義の人『個人アカウントからの突然のご連絡、失礼いたします。毎朝新聞の記者です。裁判員制度の問題について取材しております。差し支えなければ中沢G様のお話を聞かせていただけませんか』

にわかに心臓が騒ぎ出した。

まさか記者から接触があるとは思わなかった。一連のツイートに何か問題があっただろうか。念のため、呼出状に付いていた冊子を確認してみると、『裁判員選任手続の期日前に裁判員候補者たることをWEB等で公開すると罰せられます』の一文があった。

やべえ、見落としていた。

慌てて過去のツイートを削除する。

中沢G『何か俺のツイート、まずかったですか？　問題がありそうだったのですぐ消しました』

DMに応じると、返信はすぐにあった。

正義の人『お返事ありがとうございます。実は毎朝新聞では裁判員に選ばれた市民の負担を取材しており、中沢Gさんのツイートを拝見して声をかけさせていただきました。どうでしょう、少しお話を聞かせていただけませんか』

そういうことか。心配して損した。

中沢は胸を撫で下ろすと、返事を打ち込んだ。

中沢Ｇ『話って言われても、別に面白いことは何もないですよ』
正義の人『呼び出しを拒んでいる方の正直な想いをお伺いしております』
中沢Ｇ『まあ、面倒事は無視したいですね』
裁判だけじゃなく、当然、取材も。
誰が好きこのんで首を突っ込むか。単なる独り言同然のつぶやきが面倒臭い人種を呼び寄せたな、と後悔する。強気な〝ネット民〟のように『寄ってくんな、マスゴミ！』と一蹴できればどれほど痛快だろう。しかし、逆恨みされては困る。
正義の人『もしかして、無視したときの罰金が気がかりですか？　それならご心配はいりません。呼び出しに応じなかったからといって過料を科せられたという話は、聞いたことがありません。〝正当な理由がなく〟の〝理由〟を調査するのが難しいからです』
中沢は少し興味を抱いた。取材は面倒だが、もっと面倒な裁判員裁判を回避できるなら聞く価値はある。
中沢Ｇ『へえ。じゃあ無視しても平気なんですね』
正義の人『立場上お勧めはしませんが、あくまで現実として、というお話です。社としては、市民に負担を強いる裁判員制度に否定的な論陣を張っていますので、呼び出しを拒む方の本音を取材しています』
取材の話はどうでもいい。
中沢Ｇ『無視する人、結構いるんですか？』

正義の人『いますよ。結構どころか、相当います。裁判員候補者の無断欠席率は年々上がっていて、最近は四割です』

意外な数字だ。四割もの人間が呼び出しを無視しているなら、自分も見習って構わないだろう。

正義の人「ところで、裁判の期日はどうなっていますか？」

中沢G『答えても問題ない情報ですか？』

正義の人『公表したらまずいですが、個人間の会話ですし、私も記事にしたりはしません。単なる参考情報です』

期日を答えることで自分の個人情報が知られないだろうか。ツイッターアカウントは、本名の苗字プラス名前のイニシャルを使っているから、記者の手にかかればたやすいのではないか。

中沢は呼出状を取り上げると、改めて期日を確認した。少し躊躇《ちゅうちょ》しながらＤＭで返信する。

中沢Ｇ『11月21日午前9時45分に裁判所で選任手続、11月21日から翌年2月9日まで裁判、らしいです。長いですね』

正義の人『大事件なんでしょう。失礼ながら中沢Ｇさんは、誰でも死刑にしちゃうぞ、とつぶやかれていましたが、本当に人の命を決めてしまえますか？』

はじまった——と内心うんざりした。〝正義の人〟などという自己陶酔的なアカウント名が示しているとおり、記者は総じて自分の正義を信じ切っている人種だ。内輪のジョークでも本気にし、外から一方的な倫理で断罪しようとする。

中沢G『あっ、いや、あれは本気じゃなく、俺を選んだら厄介だぞ、というアピールというか（汗）。まあ、ツイッターでそんなことつぶやいても裁判官には届かないんですが』

下手《したて》に出てやりすごすしかない。

返事を待つあいだは胃が痛んだ。上から目線の説教がはじまるに違いない。

正義の人『非難に聞こえてしまいましたら申しわけありません。中沢Gさんを責めているわけではなく、裁判員制度の厄介さを理解していただこうとしての発言でした』

逆に謝罪されるとは思わなかった。冷静に考えれば、裁判員制度に反対している記者なのだから、もしかしたら制度を迷惑がる市民と考えが一致しているのかもしれない。

正義の人『冤罪《えんざい》を生み出しても裁判員が罰を受けることはありませんが、罪悪感は一生背負っていかなくてはなりません。3ヵ月に及ぶ審理予定ということは、死刑もありうる大事件の可能性が高いです。長期間、裁判所に拘束されたうえ、死刑の重荷まで背負わされるなんて、たまらないと思いませんか？』

中沢G『たまらないですね。うわあ、ますます呼び出しを無視したくなってきました！』

わざとらしいかな、と思ったものの、少し大袈裟《おおげさ》なほどのテンションで同調しておいた。
正義の人『呼び出しに応じると、その時点で抽選の対象になります。事件の関係者なら除外されますが』
中沢G『選任手続で厄介な答えを連発しても駄目なんですか?』
正義の人『一応、弁護側も検察側も、理由を述べずに最大4人まで候補者から外すように要請できる権利があります。補充裁判員の人数によって最大7人までですが。しかし、上限がある以上、中沢Gさんより厄介な候補者が何人もいれば、中沢Gさんは除外されず、抽選の対象になってしまいます。確実に外れたければ、呼び出しを無視するしかないんです』
中沢はスマートフォンを睨みながらため息を漏らした。裁判員裁判は本当に面倒臭いな、と思う。だから、無視して抽選を免れられるなら、それが一番だ。
中沢G『アドバイスありがとうございます』
正義の人『いえ、アドバイスではなく、単なる事実の説明です。つきましては、裁判員の呼び出しを拒否した方の一人として、ぜひお話を聞かせていただけませんか』
インターネット上のやり取りでは満足してくれないのか。何だか大変なことになってしまった。
中沢G『実名は出ます?』
出ると言われたらそれを理由に拒絶するつもりだった。

正義の人『もちろん仮名です。中沢Gさんが特定されるような記事は決して書きません』

口実は潰されてしまった。舌打ちしながらスマートフォンを睨み、頭を絞る。

中沢G『俺も仕事が忙しいんで、タダじゃちょっと……。取材料が貰えるなら考えてもいいですが』

我ながら名案だと思った。こちらから難しい条件を出せば、向こうから断ってくれるだろう。相手がもし条件を呑《の》むなら、まあ、悪くない話だ。

一分ほど返事を待った。封筒マークに反応があった。

正義の人『もちろんです。規定の取材料に多少色を付けます。昼食でも食べながらお話をしましょう。ご都合のいい日をおっしゃっていただければ、最寄の駅に伺います』

いつの間にか取材に応じる前提で話が進んでいる。選ぶ立場のつもりでいたら、条件を提示したことで逆に選ばれる立場に変わってしまった。

昼食付きで取材料まで出るなら、必ずしも損とは言えない。

中沢は仕方なく返信した。

中沢G『引き受けます』

2

会議室の雛壇《ひなだん》に居並ぶのは、本庁捜査一課長、新宿署副署長、本庁管理官――。対面を所狭しと占めるパイプ椅子は、捜査官たちが埋めている。新宿署で行われている捜査会議だ。殺人事件ではあるものの、被疑者はすでに特定されており、緊張と弛緩が入り混じった雰囲気が蔓延《まんえん》していた。

黒髪を刈り整えた捜査一課長は、長机の湯呑みに手を伸ばした。ゆっくり口をつけ、金属的な冷たさを感じさせる眼差しで全員を見回す。

「気を抜くなよ。相手はまがりなりにも芸能人だ」

捜査官たちが「はい！」と威勢よく応える。

田丸茂一《たまるしげかず》は人差し指の爪先で眉毛《まゆげ》を掻いた。釈然としないまま思案しているときの自覚的な癖の一つだ。

捜査会議が行われているのは、ラブホテルの一室で起きた二十代女性の殺人事件だった。

本当に件《くだん》の芸能人が犯人なのか？　個人的に疑問点があり、どうも釈然としない。

田丸は静かに手を挙げた。

捜査官たちの視線が集まる。捜査一課長は露骨に嘆息し、茶で喉仏を上下させながら焦《じ》らすように間を置いた。

「……何だ？」

田丸は椅子を引き、立ち上がった。眉間《みけん》に縦皺《たてじわ》を作った捜査一課長の目を真っすぐ見返す。

「逮捕は慎重であるべきではないでしょうか」

捜査一課長は片眉を吊《つ》り上げるようにし、表情で続きを促した。いや、単に不快さを表現しただけかもしれない。

田丸は敵意に無頓着な愚鈍を演じ、頭にこびりついて離れないいくつかの疑問点を説明した。

「――と考えれば、勇み足になるかもしれません。有名人の逮捕は注目度が高いですから、間違いでした、ではすみません」

捜査一課長は唇を歪《ゆが》めた。

「皮肉か？」

「……皮肉ではありません。物証に乏しい事件ですし、慎重を期すべきだと感じたまでです」

「捜査会議の方針に反対していたら、また脚光を浴びる機会が巡ってくるとでも？」

「いえ」

「いい気になるなよ。もうマスコミのヒーローにはなれんぞ」

「……ヒーローになるつもりはありません」

「組織を重んじられん人間は必要ない。他に意見は？」

捜査一課長は他の捜査官たちに目を這わせた。

田丸はため息を押し殺した。もし聞き咎《とが》められたら、痛烈な嫌みが容赦なく突き刺さるだろう。

床を睨みつけるうち、一年前に繰り返しテレビで流れた映像が脳裏に甦《よみがえ》ってきた。


大雨が夜の新宿を灰色に滲ませていた。停車しているパトカーの赤色灯も水溜《た》まりに融け、血溜まりに見える。

新宿署は、パトカーや警察官の存在がなければ、普通のオフィスビルと見まがう。この夜は普段と違い、建物の前に人だかりができていた。

ビニール傘やレインコートを打ちつける雨粒の乱打。三脚に固定されたカメラは透明のカバーで覆われている。彼らはカメラやマイクを手に押し合いへし合いをしていた。

「おい、傘邪魔だぞ！」

「どけろ、どけろ！」

「そこ、譲れよ！」

マスコミは誰もが一歩でも前へ出ようとしている。彼らと向かい合うように新宿署の前に立っているのは、警視庁のキャリアだ。濡《ぬ》れそぼった黒髪はべったりと額に貼《は》りついていた。顔には緊張と苦悩が滲み出ている。

ブラウンのジャンパーの記者が集団から進み出た。マイクを拳銃さながらに突きつけ、土砂降りの雨音にも負けじと怒鳴る。

「自殺は防げなかったんですか！」

キャリアは無言のまま、苦渋の形相を作っただけだった。

「何とか言ってくださいよ！　取り調べに問題はなかったんですか！」

記者の攻勢に他の者たちも勢いづき、追及の言葉を浴びせる。

「容疑者が転落死したのは警察の失態では？」

「間違いなく連続殺人犯なんですよね？」

「誤認逮捕だったと分かったら、ただじゃすみませんよ！」

新宿署の右脇では、数人の鑑識課員が跪《ひざまず》き、びしょ濡れになりながら証拠を採取していた。だが、猛雨は大量の血痕や脳漿《のうしょう》を洗い流している。赤錆色《あかさびいろ》の雨水が筋となり、道路へ流れていく。

キャリアは彼らを一瞥した後、忌々しげに嘆息した。濡れた前髪を額から引き剝《ひ》がし、深呼吸する。頭の中で文面を組み立てるように間を置き、言葉を発した。

「我々、警察は、しっかり証拠を固め、逮捕に至りました。被疑者が犯人であるのは、疑いようがない事実であります。彼は五人の罪なき命を無差別に奪った連続殺人犯です！」

記者が「なぜ事故が起きたんですか！」と叫ぶ。声の大半は雷鳴に掻き消されたものの、キャリアは内容を理解したらしく、断固たる口調で答えた。

「事故ではありません。観念しての投身自殺です！」

「自殺でも事故でも警察の失態でしょう！」

「トイレにも行かせず取調室に長時間拘束し続けるのは、人権上、問題があります。警察が規則を逸脱したら、あなた方は非難するでしょう？　トイレに行きたいと要求されたら、連れて行かざるを得ません。犯人はその隙《すき》をつき、法で裁かれるのを嫌って窓から飛び降りたんです。あっという間の出来事でした」

記者たちがすぐさま質問攻めにする。

キャリアは、今回の連続殺人事件がいかに非道だったか、いかに新宿の街を恐怖に陥れたか、改めて語った。自殺したのは無辜《むこ》の市民ではなく凶悪犯だとアピールしている。

そのときだった。雨音と怒号の中、ブレーキ音に続き、ドアが開け閉めされる音が聞こえた。振り返った記者の一人が「おいっ」と同僚の二の腕を肘《ひじ》で突っつく。

誰もが後ろを向き、一拍の間を置いてからざわめきはじめた。

停車したパトカーの前には、濡れ鼠となった中年の小男が立っていた。手錠が嵌《は》められた青年を引き立て、記者たちの群れに近づいていく。稲光が漆黒の空を切り裂き、一瞬、二人の姿が幽鬼じみて浮かび上がった。激しい雨音を破るような雷鼓《らいこ》が続く。

記者の一人が「あ、あの……」と声を漏らした。どこか異様な雰囲気に言葉が続かない。

中年の小男が青年と共に進むと、記者たちはさっと前を開けた。モーゼではないが、海が割れるように通り道が生まれる。

中年の小男はそこを悠然と歩み、キャリアの前で立ち止まった。手錠の青年を前に押し出す。

「連続殺人の真犯人《ホンボシ》です」

連続殺人の被疑者が署内から投身自殺した釈明の場、冷雨に打ちのめされながらホンボシを連行した。どよめくマスコミの群れ。目を剝いたまま彫像と化す本庁のキャリア――。

翌日のメディアは大騒ぎだった。投身自殺した被疑者は冤罪で、真犯人が別にいたのだから。

警視庁は面子《メンツ》を潰された形となった。何人かのクビが飛んだと聞いている。

田丸が回想から現実に戻ると、捜査一課長は敢然と言い放った。

「任意で引っ張って落として逮捕しろ。以上！」

捜査官たちが一斉に立ち上がり、会議室を出ていく。

田丸は拳を握り締めたまま動けなかった。捜査会議で何を主張しても問答無用で却下される。誰も聞く耳を持ってくれない。

ただの当てつけだ。

一年前の連続殺人犯の連行が演出だと思われているせいだった。マスコミに注目されている中、計算ずくでセンセーショナルに登場したのだ、と。

偶然だと説明しても信じてもらえないだろう。被疑者の投身自殺でマスコミが押しかけているなど、想像もできなかった。

結果、キャリアに——いや、その後ろにそびえる警視庁に大恥を掻かせた。所轄の捜査官なら本庁を出し抜きたいという思いを誰しも持っているから、新宿署の同僚たちは溜飲《りゅういん》を下げて味方してくれるだろうと期待したものの、実際は違った。やりすぎたのだ。

相手に最低限の顔が立つ余地を残しておかなければ、関係は修復不可能なほど壊れてしまう。

本来、警視庁と所轄は敵対していない。多少のいがみ合いはあっても味方同士だ。今後も共に捜査していく以上、新宿署は警視庁を激怒させたままではいられないと考えたのだ。同僚たちが暗黙の了解で選択したのは、あれは田丸の独断の暴走であり、自分たちもあのやり方には怒っているのだ、というポーズ。

そう、最初はポーズだっただろう。そう信じている。だが、ポーズも続けるうちに事実となる。

今や新宿署でも厄介者扱いされている。

大雪の日は、被疑者と関係性がきわめて薄い参考人の張り込みを命じられた。屋内から張るわけにはいかない立地だったので、コートの襟を立てて胸元も搔き合わせ、背中に叩きつける雪礫《ゆきつぶて》の中、何時間も立ちっぱなしだった。

凶器の捜索という名目で一人、どぶさらいをさせられたこともある。犯人がそこに捨てたという証言があったわけでもなく、犯人の生活圏だからという理由でだ。

不意に肩を叩かれた。首を回すと、神無木仁《かんなぎじん》が立っていた。天然パーマを整髪料でしっかり整えている。四十五歳とは思えないほど若く見える。普段は現役のスポーツ選手のようにさわやかな笑みを浮かべているが、今は同情とも共感ともとれる複雑な感情が口元に刻まれていた。

「何ですか、神無木さん」

「敬語はやめろよ。何度も言ってんだろ」

「……立場の違いがありますからね」

神無木は苦笑した。

「お前の場合、皮肉か自虐か分からんな」

「どちらでもありませんよ。事実です」

神無木はこめかみを搔くと、雛壇で書類を搔き集めているお歴々を一瞥した。

「本庁の連中はつまんない面子で生きてるからな」

今度は田丸が苦笑する番だった。

「あなたもそっち側でしょう」

「だからこそ分かるんだよ。面子、面子、面子。誰もがプライドの塊だよ」

「……人間らしく生きていくには必要なものです」

「まあ、ある程度はな。だけど、柔軟性や度量を失ったら無意味だ、そんなもん。ただ──正直、分からないでもないんだけどな」

「何がです？」

「面子にこだわる理由、だよ。誰もが危機感でいっぱいでな。捜査一課に残るため、椅子の取り合いだよ」

刑事になるには、狭き門をいくつもくぐり抜けなければならない。警察官として手柄を上げ続ければ、署長推薦が受けられる。そこからがスタートだ。選抜試験通過後は捜査専科講習を修了し、通常の業務を続けながら声がかかるのを待つ。刑事登用資格の有効期間は三年。三年以内に刑事課に欠員が出なかった場合、振り出しだ。

本庁の刑事になるには、さらに大変だ。配属された所轄署で実力者に囲まれながら、組織の規律を重視しつつも個人として結果を出し続け、様々な運にも恵まれれば、そこでようやく可能性が出てくる程度──。

神無木は、都内の所轄署を転々としながらも大事件の解決に貢献し、上のお眼鏡にかなった。一年半前に警視庁の捜査一課に入ったばかりだ。

「あなたの立場は大丈夫なんですか？」

一年前の『新宿連続殺人事件』の際は、警察学校時代に同じ釜《かま》の飯を食った仲、という理由で組むことになった。大卒の神無木のほうが四歳年上だ。

神無木は肩をすくめた。

「身勝手な行動をさせるな、報告はしっかりしろ、ってさ。まあ、その程度のお説教は食らったよ」

——もう犯人は捕まってんだよ！

ホンボシが野放しになっている可能性を執拗に訴えたとき、神無木はうんざりしたように言い放った。

勝手にしろと言われ、勝手にした。そして真犯人を現行犯逮捕した。運にも助けられた。いや、欲望のまま犯行を重ねようとした犯人の運が尽きたのか。何にせよ、前代未聞の連行劇に繋がった。

大手柄になるはずが警視庁を敵に回した。

独断での〝暴走〟だったが、結果的にはコンビを組んだ神無木にも迷惑をかけている。申しわけなかったと思う。

「すみません」

小さく頭を下げると、神無木に背中を叩かれた。背広の上からでも皮膚にもみじが残りそうな強さだった。

「何で謝んだよ。真犯人を逮捕したんだぞ。胸を張れ」

「……私は和を乱しました」

「あのときはやむを得なかったし、結果オーライだ」

「私の中に自己顕示欲がなかったとは言えません。私の主張を無視したキャリアに一泡吹かせてやりたい――。そんな感情が果たして皆無だったと言えるのか。もし心の奥底にそんな感情があったなら、私の行動は間違いでした」

「〝なにくそ精神〟は刑事なら誰でもあるだろ。俺だって、見返してやるって突っ走ったことは数えきれないし、だからこそ、手柄を上げて本庁に呼ばれた」神無木は親指で講堂の出口を指した。「ほら、行こうぜ。一応、仕事だ」

自分たちに指示されているのは、被害者の関係者の、関係者の、関係者への聞き込みだった。つまり、毒にも薬にもならない捜査だ。今度は一切邪魔をするな、ということだろう。

捜査の中心からは完全に外され、相棒というだけで神無木を巻き添えにしてしまった。

田丸は「すみません」とまた謝った。数人の捜査官たちを横目に出口へ向かう。百六十センチと警察官の身長制限ギリギリで合格したため、大半の者を見上げる形となる。逆に言えば常に見下ろされる、ということだ。

新宿署の捜査官たちの前を通るたび、敵意や憐れみの籠《こも》った眼差しが頭上に降り注ぐ。だから視線を合わせないよう、うつむき加減で歩く。いつしか猫背が癖になってしまった。

「――また組織を悪者にして一人ヒーローになろうってか」

聞こえよがしな嫌味が耳に入る。警視庁の捜査官だった。

言いたくなる気持ちは理解できる。当時は、警察官全員が悪役としてメディアで批判された。

田丸は反論せずに新宿署を出ると、神無木と二人で何の新情報もない聞き込みを夜まで続けた。訪ねた相手からは鬱陶《うっとう》しがられ、まるで嫌煙派の目の前に煙草を吸いに来たかのごとく嫌われた。

「こんな名刺を交換しただけの人間にまで聞き込みなんて、無駄骨が好きなんですね、警察も」

「私も暇じゃないんですけど」

「こっちの都合も考えてよ」

成果は何もなく、嫌われ、怒鳴られただけだった。

署に戻ってから仕上げた報告書は、目も通されないままデスクに放置される。

神無木もさすがに徒労感が滲み出た顔で嘆息している。内心では相棒を替えたいと思っているだろう。だが、誰と誰を組ませるか決めるのは上の人間だ。本人の意思で自由になるものではない。

もはやかける言葉もなく、田丸はただ黙って刑事課を後にした。新宿署の周辺に建ち並ぶ高層ビル群を見上げていると、自分自身のちっぽけさを思い知らされる。オフィスビルさながらの新宿署も、自分の居場所ではないのではないかという気がする。

高層ビル群に背を向け、新宿大ガードに入った。ヘッドライトで闇を照らす自動車が道路を行き交う中、轟音と震動を伴いながら頭上の架道橋を電車が通過していく。

新宿大ガードをくぐると、景色が一変する。窓明かりだけが闇の中に光る高層ビル街と違い、原色のネオン看板がけばけばしい歌舞伎町《かぶきちょう》が広がっている。

『客引き行為防止条例』施行以来、キャッチの数は激減したものの、風俗店やキャバクラが密集するさくら通りではまだまだ多く、通り抜けるまでに代わる代わる声をかけられる。よほど刑事に見えないのだろう。

あえて署に引っ張る必要も感じず、「目当ての店がありますから」の一言で無視していく。

通りを抜けると、建物に掲げられたホストの巨大パネルに睥睨《へいげい》されていた。

そのきらびやかなパネルから抜け出てきたような若者たちが歩いてくる。着古している自分の一着数千円の背広とは違い、その十倍、二十倍はしそうな、おそらくブランド物の服装で決めている。床屋——いや、今どきの若者は美容院か——で念入りに仕上げられているのだろう、髪型が個性的だ。中性的な顔立ちは、男装した女性アイドルのように整っている。

一回り以上年下の彼らは、きっと自分のような一杯数百円の酒は飲まないのだろう。これから女性客に何十万もする高級酒のボトルを入れさせ、笑ってはしゃぎ、盛り上がるのだ。

すれ違う瞬間は反射的に目を逸らした。警察組織の中で使い古しの雑巾《ぞうきん》のごとく扱われている自分と落差が大きすぎ、ネオンの輝き同様、直視できなかった。

田丸は電飾看板の群れから逃げる心地で薄暗い通りへ向かった。目当ての場所に着くと、顔を上げた。雑居ビルが闇を飲むように口を開けている。

人がすれ違えない狭さのコンクリートの階段を三階まで上った。楕円《だえん》形のパネルには『麗麗《リイリイ》』と書かれている。

木製ドアを開けると、風鈴のようなベルの音色が頭上で鳴った。

「いらっしゃい」

年かさのバーテンダーが無表情で言った。彼には新宿署の刑事だと知られている。だが、客に無用な不安を与えないよう、決して周囲に正体が悟られるような会話はしない。

朱色のテーブル席には、中国語を話す三人組が座っている。他には一人で飲んでいる客が何人か。今日は女性客の姿はない。

田丸はカウンター席に腰掛けた。

「ウイスキー・マックを」

思い悩んだときに訪れる憩いの場だ。自分の舌には辛すぎるウイスキー・マックをちびち び舐《な》め、時間を潰す。

アパートに帰っても、笑顔で出迎えてくれる妻や子がいるでもなし、寂寥《せきりょう》感《かん》を思い知らされるだけだ。

警察官だと、大抵は上司から見合いの話が来る。身元の綺麗な女性が紹介される。だが、自分にはそんな話は一度もない。一年前のことがなくても、相手にされていない。たぶん、仲人役としても、相手への信用がかかっているのだ。

田丸は自嘲《じちょう》の笑みを漏らした。

ここには着飾った客など、やって来ない。そんな客は、最初《はな》からさくら通りのホストクラブやキャバクラのまばゆい店を選ぶ。『麗麗』は〝爆買い〟や観光とは無縁で、六畳一間のボロアパートに大家の目を盗んで数人で身を寄せ合っているような中国人が日銭を使って、そこそこの雰囲気の中で安酒を飲みたいときにドアを開ける。不法滞在者もいるかもしれないし、いないかもしれない。わけありげな日本人もたまに来る。

田丸はちらっと背後を見た。焦点の合わない目で落ち着きなく灰皿に煙草をにじりつけている男は、アルコールがほどよく回ったのか、ドラッグで飛んでいるのか。

正しい警察官としては職務質問すべきなのだろう。だが、警察手帳を振りかざしたとたん、黒であれ白であれ、店の客ではなくなってしまう。

自分の唯一の居場所を失うことが怖かった。

中国人客が多いのも心が安らぐ。言葉が分からなければ、真後ろで密談が交わされていて、その声が聞こえてしまっても、ドラッグの売買なのか、風邪薬のやり取りなのか、判断はつかない。もっとも、白い粉が受け渡されていたらさすがに黙過はできない。だからテーブル席に背を向けていられるカウンター席にいつも座る。

田丸はウイスキー・マックに口をつけた。安酒といっても、ハイピッチで呷《あお》れるほど安くはなく、懐具合のせいで気持ちよく酔えたためしがない。それでもなぜ足を運んでしまうのか。いつか記憶がなくなるほど酔い潰れ、自己憐憫《れんびん》に浸りたい――。そんな破滅願望に似た感情が心の奥底にあるのか。

何にせよ、今のところ酒にはまだ負けていない。負けるときは、もしかしたら辞職願を懐に忍ばせるような絶望に打ちのめされたときかもしれない。

失態であれば挽回《ばんかい》のチャンスはある。だが、刑事人生に絶望すれば――立ち直ることはできないだろう。

酔えない量のアルコールに逃げても、思い出すのはやはりあの夜のことばかりだった。

真犯人を連行し、一時、マスコミの注目を浴びた。

それまでは夜討ち朝駆けで情報提供を求めてやって来る記者は、一人もいなかった。記者は、捜査の中心になっている捜査官のもとに集まっていく。だが、あの夜以降しばらくは違った。連日、新宿署を出るなり数人の記者に囲まれ、コメントを求められた。

警察組織を敵に回すようなまねはさすがに控えたものの、単なる相槌の一言を拡大解釈した記事は一人歩きしていく。

――他の捜査官たちは、投身自殺した男性を犯人だと誤認したまま暴走したんですか。

――田丸さんは真犯人の存在を疑っていたわけですよね。

――単独捜査したのは、あなたの意見に上層部が聞く耳を持たなかったからですよね。

――死者が一人出ています。警察は過ちを認めるべきでは?

歌舞伎町のキャッチの相手をするように大半は無視したものの、ついつい「まあ……」程度の相槌を打ったことはあった。それが記事になると――。

『警察キャリアの捜査ミス　組織に逆らって単独捜査した捜査官が真犯人を逮捕。T捜査官は、捜査会議が間違った方向に進んでいると感じ、組織を敵に回す覚悟で真犯人を追い続けたという』

『警察は誤認逮捕で無辜の市民を死に追いやった。T捜査官は「それは間違ったことです」と語る』

こんな調子になってしまう。

マスコミは連日連夜、鬼の首を取ったかのように警察組織を批判した。国家権力が市民の命を奪った、と声高に主張する。日ごろ警察がいかに横暴か、市民を見下しているか、書き立てる。

コメントなどほとんど口にしていないにもかかわらず、真犯人連行時のセンセーショナルな写真と共に報じられれば、誰もがマスコミの論調に同意している捜査官だと思うだろう。

気がつくと、警察官でありながら、警察組織批判の急先鋒《きゅうせんぽう》に祭り上げられていた。弱者として単身、巨大組織に立ち向かう勇者のように扱われた。

これはキャリア対ノンキャリア、組織対個人、体制対市民――というようなややこしい話ではない。イデオロギーとは無関係の問題にイデオロギーを持ち込むと、本来、味方になってくれるはずの人間まで敵に回し、事態が複雑化する。

――警察批判の記事の数々、上層部はいい顔しないでしょう？

不満が鬱積していたから、荒らげぎみの声で「そりゃそうでしょ」と答えた。すると、翌日の新聞には『警察上層部が圧力』という見出しが躍った。組織の在り方に批判的な捜査官に対し、上層部が言論弾圧を行っているかのような論調だった。

上層部の逆鱗《げきりん》に触れるのは当然だっただろう。組織に盾突く厄介者とみなされた。

いつの間にかウイスキー・マックは空だった。グラスの中の氷は、提供されたときよりずいぶん小さくなっていた。

二杯目を頼もうとしたとき、真後ろで怒声が炸裂した。空のグラスを持ったまま首を回すと、若者二人が睨み合っていた。茶髪のほうが相手の胸倉を摑んで絞り上げ、鼻面を突きつけている。

「謝れよ。こぼれただろうが！」

「そっちが肘を突き出してたんだろ」

「人のせいにすんなよ」

脇《わき》で握り締められた拳は打ち震えている。今にも相手の顔面に叩きつけられそうだった。日本語が分からない数人の中国人客は、困惑の顔を向けている。

田丸は反射的に止めに入ろうとした。だが、浮き上がった尻《しり》は椅子と数センチのところで停止した。

バーテンダーに目を向けると、視線が絡んだ。助けを期待するような眼差しがあった
――気がした。彼がすぐさま目を伏せたので、真意は読み取れなかった。

警察手帳を振りかざしたら簡単に解決するだろう。その代わり、唯一の居場所を失ってしまう。正体が広まれば、もはや『麗麗』に来ることはできなくなる。

躊躇した一瞬に、茶髪の若者が相手をぐっと押しやった。テーブルに腰がぶつかった。カクテルグラスが倒れ、血のような深紅の液体が広がった。

田丸は緊張が絡む息を吐きながら立ち上がり、二人のもとに突き進んだ。茶髪の若者の肩を鷲掴《わしづか》みにする。彼のほうが背が高く、肩ごしに顔を見上げる格好になる。

「下品な怒鳴り声でせっかくの酒がまずくなりました。代わりに代金を払っていただけませんか」

茶髪の若者が顔を憤激に歪めた。

「舐めてんのか、おっさん。殺すぞ」

「代金を」

感情を出さずに繰り返すと、彼が拳を振り上げた。顔を背けたとたん、頬に衝撃が炸裂した。椅子を薙《な》ぎ倒しながら倒れ込む。数人の叫び声と中国語が耳を打つ。

田丸は鉄錆の味を舐めながら身を起こし、口元を拭った。袖口に血が滲む。尻餅をついたまま睨み上げた。

「代金を」

一発の暴力で火が点いたらしく、茶髪の若者は躍りかかってきた。勢いよく全体重を浴びせてきたので、あっという間に馬乗りになられていた。天井の仄明《ほのあ》かりを背景に彼が影になっている。

「死ねよ、おっさん」

一発、二発、三発——。

拳が降り注ぐ。両腕で顔面を庇った。暴力を躊躇しない乱打だ。防御をすり抜けた拳が額や頬、顎に突き刺さる。視界が揺れ、まぶたの裏側に火花が散る。

「警察に通報しますよ!」バーテンダーの声が耳に入った。「お代は結構です。出て行ってください」

ぴしゃりと鞭打つような語調だった。

茶髪の若者は拳を宙で止めると、息を乱しながら振り返った。逡巡《しゅんじゅん》するような沈黙がある。

「五分で警察が来ますよ。傷害沙汰は困ります」

充分すぎる通報の口実を与えられたバーテンダーは、強気だった。茶髪の若者は怒気を鎮める間を置いた後、舌打ちすると、おもむろに腰を上げた。腹の上から体重が消え、解放された肺がようやく空気を吸い込む。

茶髪の若者は自分の鞄《かばん》を引っ掴むと、椅子を一蹴りし、『麗麗』を出て行った。

田丸は歯の嚙み合わせを確かめ、起き上がった。店内を見回すと、憐憫の視線に見下ろされていた。揉《も》め事《ごと》に首を突っ込んで痛めつけられた愚かな酔っ払いを見る目――。また自嘲が漏れる。

それで構わない。憐れんでくれて結構だ。憧憬《しょうけい》の眼差しよりよほど身に馴染んでいる。

唯一の居場所を失わずにすんだ安堵を嚙み締め、バーテンダーに二杯目のウイスキー・マックを注文した。

田丸は夜が更けるまで、酒を飲み続けた。

ただ一人で――。

3

喫茶店のドアを開けた中沢剛は、女性店員に「待ち合わせなんすけど……」と告げた。

「お名前は？」

「清水《しみず》って人なんすけど……」

「ああ、伺っております」

女性店員は愛想笑いもせずに応じると、テーブル席に挟まれた通路を率先して歩いていく。

中沢は、無愛想な女性店員の黒いタイトスカートに包まれた尻を眺めながらついていった。最近は風俗に行く金もなく、欲求不満だ。油断すれば、後ろから鷲掴みにしてしまいそうになる。

案内されたテーブル席には、鼠色のスーツ姿の男が座っていた。焦げ茶色のネクタイを締めている。何歳か年上――四十代だろうか。

「な、中沢です」

中沢は緊張を押し隠して挨拶した。インターネット上では、相手の顔が見えないので人間の実体を感じず、いくらでも強気に発言できる。しかし、現実は違う。相手に面と向かったとたん、どうしても目線を逸らしてしまう。

取材料と昼食の誘惑に負けて会う約束をしたものの、腹痛でもでっち上げてドタキャンすればよかったか。今さらながら後悔した。

「どうぞ」

男は着席を促すと、女性店員が「ご注文がお決まりでしたらボタンを押してお呼びください」と言い残して立ち去ってから、静かに切り出した。

「改めて。毎朝新聞の清水です」

差し出された名刺を受け取り、ためつすがめつ眺めた。横書きされた名前の下には社名があり、携帯の電話番号とメールアドレスが記載されている。名刺を貰うなんていっぱしの会社員になった気分だな、と思う。

「どうも」

中沢はとりあえず軽く辞儀をした。

「まあまあ、緊張なさらず。ここは奢《おご》りですから、何でもお好きなものをどうぞ」

渡されたメニューを確認し、目を剝いた。ウーロン茶でも五百円だ。おいおい、俺の昼食より高いじゃないか。

メニューごしに清水の顔を窺《うかが》う。

記者と話すのは初めての経験で、どんなやり取りになるのか、それをどんな記事にされるのか、戦々恐々だった。今は自分の話が紙面に出る興奮よりも、不安のほうが強い。だが、落ち着いて考えてみれば、本名は掲載しないと確約してくれているのだから、どんな記事にされても実害はないだろう。今日は少し贅沢な昼食で腹を満たす好機ととらえよう。

中沢は、『おすすめ』と書かれたカレーライスとビールを注文した。

昼間からビールとは！　我ながら呆《あき》れてしまう。だが、さすがは取材慣れした記者、特に驚いた様子もなく、平然としている。逆に喋《しゃべ》りにくそうな印象をもった。

もう少しノリをよくしてほしい。『おっ、いいですね、ビール！』とか、笑いながら話しかけてくれたら、こっちも笑い返すし、話も弾むのに——。

料理が運ばれてくるまでは会話もなく、気まずい時間だけが続いた。カレーとビールが置かれたときは、この重い空気を忘れる口実ができて安堵した。

だが、最初の一口を味わう前に、清水が口を開いた。

「中沢さん、裁判員裁判への不参加の決意、変わりませんか?」

中沢はジョッキを宙で止め、清水の顔を見返した。

さっそく取材開始か。ビールの一杯くらい、落ち着いて飲ませてほしい。

「いや、決意ってほど強い感情を持ってるわけじゃないんですけどね」言葉を切り、その隙にビールを呷る。「正直、面倒臭いなって」

「裁判員制度は市民に負担をかける悪法ですからね」

「裁判所なんて気後れしますし、派遣の身で何十日も仕事を休んだらクビになりますよ」

中沢はカレーを口にし、咀嚼して飲み込んだ。好みより若干辛く、百円のレトルトカレーのほうが自分の舌には合っているのではないかと思った。

「この司法改革は性急すぎます」清水が言った。「でしょう?」

「かもしんないっすね」

「一般道路を時速百キロで疾走するようなものですよ。大勢の人間を巻き添えにします」

「怖いっすね」

「検察は市民を説得するために従来の何倍も証拠を集めなきゃならないし、裁判官は裁判のたびに審理の進行を市民に説明しなきゃならない。市民は貴重な時間を奪われたあげく、無残な被害者の写真を見せられ、悲痛な遺族の叫びを聞かされ、専門家でも悩む法律判断を強いられる――。メリットがありますか?」

中沢はビールを喉に流し込み、「ないっすね」と答えた。

裁判員制度の欠点がどうの、と講釈されても、別に興味はない。そもそも、昔から小難しい話が大嫌いなのだ。中学でも高校でも、授業をサボる口実ばかり探していた。クラスの不良のように、理由もなく教室を抜け出すほどの度胸はなかったが。

社会問題で正義を唱えるジャーナリストと違い、ただ単に面倒だから関わりたくないのだ。ストレス解消として、世間も同調してくれる悪人を匿名のSNSで批判するだけ。底辺の自分でも罵倒できる人間が存在する、という事実は安心させてくれる。

決して公言はできない本音だ。

「でも、さすが記者さんっすよね。裁判に詳しくて。俺なんか、三権分立とか言われても、小学校のときに習ったなあ、って感じで、頭が痛くなりますよ」

「僕は司法試験に挑戦していた時期がありましてね。不合格、不合格、不合格で、挫折の連続でしたが。小学校時代に『神童』なんてもてはやされていても、一流の高校や大学に進んだら、周りは僕より優秀な奴らばかり。司法試験でも、見下していた奴に先を越されたり……悔しい思いばかりでした」

初対面の相手の〝自分語り〟なんか聞かされても、ますますカレーがまずくなる。だが、ペンという圧倒的権力を持っている人間を不快にさせるのは得策ではない。仕方なく、「人生、思うようにはならないっすね」と合いの手を入れておいた。

清水は露骨に眉を顰《ひそ》めた。

地雷を踏んだのか。

中沢は慌てて取り繕おうとした。

「いや、その、悪気は――」

「社会のほうが間違ってる」

唾棄《だき》するようにつぶやかれた一言に、中沢は「へ？」と聞き返した。

「社会が正しかったことなんか、一度もありませんよ」

「そ、そうなんすか」

「中沢さんも社会にはたくさん不満があるでしょう？　そういうとき、どうしますか」

「……SNS《ツイッター》で愚痴ります」

清水は鼻で笑った。

「そんなもので囀《さえず》っていても国は動きませんよ。権力者は常に高みであざ笑っています」

「は、はあ。でも、不祥事やらかした企業がツイッターで炎上して、謝罪に追い込まれてるじゃないっすか」

「謝罪止まりですよ、ネットの力なんか。所詮、小うるさい少数派《ノイジーマイノリティ》です。企業は評判を気にして表向き謝罪はするけど、大抵はそれで終わり。ネットでは毎日、炎上事件が起きています。やれ差別だ、やれ失言だ、やれパワハラだ、やれいじめだ。一週間も経てば――いや、早ければ翌日にはもうみんな次の攻撃目標に向かいます」

記憶を掘り起こしてみると、自分自身、不道徳な言動をした〝いくら批判しても許される相手〟を見つけたら、世論に乗っかって大勢と一緒に攻撃してきたが、相手が謝罪したりアカウントを削除したりしたら、また別の標的を探していた。

「ツイッターの中で叫んでいても何も変わりませんよ。賛同者ばかり集まってくるから、万能感に支配されて、さも自分の発言が何かの力を持っているように錯覚しますけどね。実際は井の中の蛙《かわず》です。だからこそ、声のでかい人間は次々と標的を探し求めていくんです。批判が目的化していますからね」

清水の言葉は短剣となって胸に突き刺さってくる。

鬱積した不満や怒りを吐き出す手段を他に知らない。ツイッター上で大勢が批判する〝悪人〟を一緒になって批判していたら、世の中のために声を上げているのだ、と実感できた。まるで老人ホームでボランティアでもしているように――もちろんしたことはないが――、自分を清く正しい善人だと感じられた。快楽だった。

「闘うなら現実世界じゃないと。大事なのはリアルでのうねりですよ」

清水は国家権力と社会への怒りが原動力で、社会正義を声高に叫ぶ職業を選択したのだろうか。

一方の自分は年末の宝くじだけに無意味な希望を託し、平々凡々とした日常から抜け出したいと夢見ている。単調で面白味のない毎日――。

「まあ、何にしても、裁判員裁判なんか、好きこのんで参加してもメリットなんてありません」

「……そうっすね」

「特に今回、中沢さんが選ばれたのは、大事件ですしね」

「何の裁判か分かるんですか？　選任手続に行かないと教えてもらえないみたいでしたけど」

「審理期間からの推測ですよ。呼出状、見せてもらえますか」

中沢は鞄を開け、呼出状を取り出した。差し出すと、清水はそれを確認した。

「十一月二十一日から約二ヵ月半――」

「裁判員裁判って、こんなに長いんですか」

「いえ。裁判員に負担をかけないよう、審理期間はできるかぎり短くするように決められています。ただ、年々、長くなっていましてね。近年の平均は十日くらいです」

「じゃあ、二ヵ月半って、異常ですね」

「前例はありますよ。京都地裁で審理された連続殺人は百三十五日。神戸地裁の連続不審死は百三十二日。名古屋地裁の殺人事件は百六十日です」

「そんなに拘束されるんですか」

「だから法が改正されたんですよ」

清水の説明によると、審理の長期化が予測される裁判は、裁判員裁判の対象から外す法が成立したらしい。だが、〝長期〟の定義は一年だという。

一年なんて冗談じゃないな、と思う。

二ヵ月半でも長すぎる。

「呼出状は参考に預かっても構いませんか」

許可を取るような台詞《せりふ》に反し、強要の響きがあった。

「呼出状、なくても大丈夫ですか？」

「選任手続に出ないなら不要ですよ。それに預かるのは一時的なので何の心配もありません」

「……じゃあ、どうぞ」中沢はカレーを食べると、テーブルに用意されていたナプキンで口を拭った。「で、今回の裁判は何か有名な大事件なんですか？」

「この時期の東京地裁で二ヵ月超えの長期審理――。それは『新宿ブラック企業爆破事件』しかありません」

中沢ははっとした。

『新宿ブラック企業爆破事件』は記憶に新しい。死者四人、負傷者十六人を出した大事件だ。過労自殺問題が発覚した化粧品会社『ビューティー・ネロ』が狙われ、送りつけられた小箱が受付で爆発した。火気厳禁のスプレー類が展示されていたこともあり、それらに引火し、想像以上の大爆発となったらしい。

大惨事となる前から犯人が犯行を続けていたため、当時は連日ニュースを騒がせていた。仰々しい肩書きのコメンテーターが犯人像やその心理を分析した。

標的になったのは、インターネット上で大炎上した店や会社ばかりだ。そのときは建物の陰に爆発物を仕掛け、ちょっとした爆発で怯《おび》えさせる程度だった。

自分自身、炎上騒動に参戦していた。大勢の〝ネット民〟と共に義憤の声を書き込み、問題の会社や店を責め立てた。そこで爆弾騒ぎが起きたときは痛快で、被害者が出ていないこともあって、内心『ざまあみろ』と思った。

犯人はネットの中でいつしか『炎上仕置き人』と呼ばれ、もてはやされていた。自分も応援していたが、死傷者が出た『新宿ブラック企業爆破事件』ではさすがに賛同できず、空気を読んでスルーを決め込んだ。

犯人の配達員が逮捕されたというニュースが流れたときは、ほとんどの人間と同じく手のひらを返し、『テロだ』『無差別殺人だ』『死刑にしろ』と非難した。

「本当にその事件の裁判員裁判が――?」

恐る恐る尋ねると、清水は口元に薄い笑みを浮かべた。

「近年稀《まれ》に見るほど世間の注目を集めた大事件ですね。当時は世の中があの事件一色でした。どのメディアもネタに困らなかったでしょうね」

「……『炎上仕置き人』ですね」

清水は嘲笑するような顔でかぶりを振った。

「ネットの人間はネーミングセンス皆無ですね。僕ならもっと洒落《しゃれ》たニックネームをつけましたよ」

ジョークとして笑うところかどうか分からなかった。

「中沢さんは犯人のこと、どう思いますか」

「どうって……いや、何の罪もない人たちを何人も死なせてますし、許せないですよね。日本じゅうを不安と恐怖のどん底に陥れましたし」

清水は鼻の付け根に皺を寄せた。

「本音——ですか?」

内心を探るような口調だった。答えを知っていながら詰問されている気がする。

「そ、そりゃ、そうですよ」

声に動揺が混じってしまった。世直しを行っているヒーローのように感じていた、などと正直に答えられるはずがない。相手は犯行をエスカレートさせたあげく、四人も殺した爆弾魔なのだ。人間性を疑われてしまう。

清水はそんな誤魔化しもお見通しであるかのように、にやっと笑った。

「死傷者を出すまでは、犯人を崇拝する者も大勢いて、ネット上に称賛の声があふれていましたね。あなたも興奮したんじゃないですか? 他の人々と同じく、喝采《かっさい》を送ったでしょう?」

中沢は言葉に詰まりながら視線を壁に逃がした。

ツイッターで誰もが批判している〝悪人〟を過激に攻撃すると、普段は見向きもされない自分のつぶやきに何人もが反応し、リツイートと『いいね』を押してくれる。てっとり早く共感を集められるのだ。そのうえ、冴《さ》えない日常生活で溜まった鬱憤や怒りも吐き出せる。誰に咎められることもなく。

『炎上仕置き人』は、ある意味、ネットから飛び出した自分だった。現実《リアル》で一泡吹かせていたのだから。

自分と重ね合わせて応援していた。

「……意地悪な質問でしたね」清水は苦笑した。「次はどこが標的になるのか、ネットでは誰もが興味津々でした。罰してほしい企業名や店名が次々書き込まれて……」

中沢は視線を外したままカレーを食べた。黙々と。

清水は間を置いてから続けた。

「死者が四人も出ている以上、有罪になれば死刑は確実です。中沢さんは一人の人間に死を宣告できますか」

中沢はおずおずと顔を向けた。問いかける清水の眼差しは険しく、安易な返事を許さない厳しさに満ちていた。彼からはツイッターのDMでも同様の問いをぶつけられた。

死刑――か。

胸糞《むなくそ》が悪い事件が報じられるたび、ツイッターで『死刑にしろ』と叫んできた。他の人間たちに同調し、怒りを発散させた。だが、現実に目の前で一人の人間を見据えながら死刑を言い渡せるか、と問われたら――答えに窮する。

「気が、重いっすね」

そう答えるのが精一杯だった。

「夢見が悪いですよ」清水が言った。「遺族感情や被害者の死にざまに直面したら、死刑を選ぶしかありません。だからといって、事件とは何の関係もない一般市民のあなたが罪悪感を背負う必要はないんです。死刑判決は裁判官ですら、判決を出してから何十年も悩み続けるものです。退官してからインタビューで、本当にあのときの判決が正しかったのか今でも苦悩する、と漏らす裁判官も多いです」

中沢は喉をビールで潤した。

「裁判員制度は、判決の重みに耐えられない裁判官の罪悪感を一般市民に肩代わりさせるために作ったんじゃないか、と思うほどです。中沢さん、それでも裁判員になりたいですか」

なりたいはずがない。そもそも、選任手続への呼び出しすら無視しようと考えていたのだ。

問題は――。

「選任手続に行かなくても本当に大丈夫っすか?」

清水は口元を緩めた。

「繰り返しになりますけど、選任手続の無断欠席率は四割です。過料を科せられた例はありません」

一面と向かって断言されると、安心した。

「じゃあ、知らんぷりしようと思います。やっぱり、裁判所なんて気が滅入りますし、死刑判決を求められるのもちょっと……」

「誰だってそうです。特に今回の『新宿ブラック企業爆破事件』では辞退者も相次ぐと思いますよ。大きな事件で審理期間も長い分、責任がのしかかってきますから。事件名を知ったとたん、尻込みする裁判員候補者も少なくないでしょう」

「選任手続に出ちゃったら辞退が許されるか分かりませんし、今のうちに無視するのが一番ですね」

「間違いなく」

清水があまりにきっぱりうなずくものだから、緊張がほぐれた。まるで正義の代弁者から悪戯《いたずら》をそそのかされている気分だ。

「他に何を話せばいいっすか？」

清水が首を傾げる。「他に――というのは？」

「いや、一応これ、選任手続を無視する人間の取材でしょう？」

「ああ、そういう意味ですか。ダイレクトメッセージで話したように、毎朝新聞は〝反裁判員制度〟の論陣を張っています。裁判員裁判に否定的な市民の声が欲しいんですよ」

言葉巧みに誘導された気がしないでもないものの、まあ、元から選任手続は無視するつもりだったから構わないだろう。

中沢は、問われるまま、裁判員制度に否定的な意見を喋った。食事を奢ってもらった手前、〝望まれているコメント〟を述べる程度のリップサービスはしようと思う。全部が全部、嘘《うそ》ではないのだから。

清水は満足そうにメモをとりながら聞いていた。

取材が終わると、彼は「薄謝ですが」と茶封筒を差し出した。

待ってました！

中沢は迷わず受け取ると、すぐさま中を確認した。

五千円――。

落胆の表情を見られなかっただろうか。少なくとも万札は入っていると思っていた。

まあ、時給五千円プラス昼食と考えれば破格か。

「どうも」

一応礼を言っておいた。

清水は伝票を手に立ち上がった。レジに向かおうとして立ち止まり、「あ、そうそう」と振り返る。

「急な心変わりは厳禁ですよ、裁判員。〝ヤラセ〟として大問題になりますから」

言われるまでもない。

よほどのメリットでもないかぎり、関わる気などなかった。

4

『歌舞伎町ラブホテル殺人事件』は、被疑者の芸能人を引っ張る直前、その芸能人の名前を騙《かた》って女性に声をかけたマネージャーが犯人だと判明した。

田丸茂一は自嘲の笑みを嚙み殺した。

前回の捜査会議では、逮捕には慎重であるべき、と主張した。だが、お偉方にはよく思われていないため、私情で撥《は》ねつけられた。

結局、他班が入手してきたマネージャーのDNAが、被害者の爪の中に残されていた皮膚片と一致し、件の芸能人の逮捕前に方針が変更された。そして真犯人が逮捕された。

捜査会議で進んでいた方向は誤りだったのだ。

廊下を歩いていると、神無木が現れ、横に並んだ。

「残念だったな」

田丸は横目でちらっと彼を見た。彼が高身長な分、顎を持ち上げ気味にしなければならない。視線が絡むと、神無木は顔をわずかに顰《しか》め、目を逸らした。

「……すまん。失言だったな」

犯人が逮捕されたのに何が残念なのか。しばし理解が及ばなかった。

「真犯人の逮捕を喜ぶべきだった」

神無木は発言を悔やむようにつぶやいた。

そういうことか。〝残念〟という表現には、誤認逮捕されてから真犯人が発覚すれば、自分たちをないがしろにした連中に『そら見たことか』と言ってやれたのに――という本音が籠っていたのだ。

「誤認逮捕を免れて何よりです」

田丸は前に向き直り、言った。隣から苦笑が漏れる。

「本心じゃないだろ？」

「……本心ですよ」答えてから少し考え、付け足した。「半分は」

「だよな。俺も悔しいよ。本庁の連中ときたら、くだらない面子で逆恨みして、聞く耳すら持っちゃくれない」

「神無木さん、あなただって――」

「その本庁の一員だってんだろ。耳タコだよ」神無木はかぶりを振りながら嘆息した。

「本当、面倒臭いな」

「……すみません」

「ん？　いや、お前のことじゃなく。小学生《ガキ》じゃあるまいし、ハブって、嫌がらせかよ、ってこと」

「巻き込んでしまったことを謝ったんです。真犯人《ホンボシ》を突き出すにしても、本庁が面子を保てるような方法を選ぶべきでした」

逃げ場を完全に塞いでしまったら、相手も矛を納められないのだ。

居場所を作ろうとして、居場所を失った。

胆汁のような後悔の苦みを嚙み締めながら歩いていると、向こう側から数人の捜査官が駆けてきた。二班の面々だ。補充的な捜査しか与えられない自分たちに比べ、顔には最前線の緊張感が張り詰めている。彼らはあっという間に走り去っていく。

遅れて新人の一人が走ってきた。すれ違いざま、神無木が彼の二の腕を鷲摑みにした。腕が伸び、背が反り返る。

「な、何でしょう」

新人は困惑が滲む声で訊いた。

神無木が問答無用の口調で追及すると、新人は眉を若干寄せ、顔の緊張を濃くした。

「何があった？」

「……百人町《ひゃくにんちょう》で殺しです」

一件が解決した矢先、新たな事件が発生か。声がかかったのは二班らしい。

「急ぐので。失礼します！」

新人は神無木の手を振りほどくと、一礼し、駆けていった。

神無木は彼の背を見送りながら言った。

「早期の解決を祈ってるよ。じゃあ、な」

田丸は神無木と別れ、刑事課に戻った。椅子に座り、デスクワーク――提出が必要な捜査報告書が山積みになっている――に取り掛かった。二班の捜査官たちが交わす話は嫌でも耳に入り、百人町で起きた殺人事件の概要がおぼろげながら掴めてくる。

犯行は昨晩午後十時半ごろ。女性会社員がロープらしきもので絞殺されたという。翌日の昼、公園の植込みに放置された死体を散歩中の老人が発見し、一一〇番通報した。

話を聞いていると、どうやらまた捜査本部が立ちそうだった。

他班が駆り出されることはないだろう。そう思っていた。

だが――。

三日後、三班に声がかかった。捜査が難航しそうだという。聞き込みの範囲を広げなくてはいけない。

田丸は『百人町女性会社員殺人事件』の捜査会議の末席に加わった。

「改めて説明する」新宿署の刑事課長がホワイトボードに文字を書きつけていく。「被害者は磯山《いそやま》ゆう子、四十三歳。品川にある小さな商社でOLをしていた。未婚。彼女は社内で疎まれていたようだ。セクハラで課長を、パワハラで部長を訴えていた。しかし、人事部の相談窓口では相手にされず、実名のツイッターで告発している。半年前のことだ。ツイートの内容の詳細は資料を読んでほしい」

田丸は配布された捜査資料に目を通した。被害女性のツイートが記載されている。

『社内で体をまさぐってくるM課長。ほんと死んでほしい。被害女性が声を上げないと変わんないよ、世の中』

『Y部長も最悪。理不尽な要求をされても一生懸命頑張って仕事したのに、些細なことに難癖つけて怒鳴ってくる。男性社会だし、こういうパワハラがまかり通っているの、おかしくない？　男性社員は全然怒られないのに、女性の私ばかり怒られて。Y部長は女性を見下しているんだと思う』

『みんな嘘のような本当の私の告白、聞く？　品川にあるN商事、課内のセクハラとパワハラ、人事部の相談窓口に訴えたけど、揉み消された。ショックで心臓が止まりそう。会社は平《ひら》のOLより、男の部長や課長を守るよね。これが今の日本社会の現状なんだよね。女性であることが悔しくて涙が出た』

「磯山ゆう子は過去のツイートの中で経歴を明かしていたため、すぐに職場が特定されたらしく、会社の対応へのクレーム電話が何十件もあったらしい。報告を」

捜査官の一人が「はい！」と立ち上がり、喋りはじめた。

「会社で聞き込みをしてきました。当事者によると、セクハラやパワハラの問題では言い分が対立していました。当の課長によると、勤務時間中にスマホをいじっていた磯山ゆう子を注意するため、後ろから肩を叩いたところ、セクハラだと騒ぎ立てられたそうです。他に体に触れた記憶はないとの話でした」

「磯山ゆう子が話を盛っていた可能性がある、ということだな。パワハラのほうは？」

「当の部長によると、彼女の仕事があまりに遅かったため、何度か残業を命じたことがあるそうです。彼女はそのことに反感を抱いていたらしく、ずいぶん態度が悪かったとか。彼女を怒ったのも、書類にミスが多すぎることや勤務態度に関してであって、決して難癖をつけたことはない、と」

「他の女性社員はどうだ？」

「同じ課に女性社員は彼女一人です」

「……それが事実ならずいぶん印象が変わってくるな。磯山ゆう子は針小棒大に騒ぎ立てたということか。〝加害者〟が反論できないＳＮＳでは、〝被害者〟の一方的な主観に基づいた文章や、都合よく事実が取捨選択された文章によって悪印象が〝創作〟されがちだ。片方だけの主張を鵜呑《うの》みにして反射的に批判すると、〝加害者〟を叩いているつもりが実は〝被害者〟を叩いていた、ということにもなりかねない」

言いたいことは分かる。自分自身、メディアによって、警察組織やキャリアを批判する急先鋒に祭り上げられた。どんな発言も、新聞社の社是に沿った論調に修正され、紙面に躍った。

だが、現時点で磯山ゆう子の告発を否定すべきではない。男社会の捜査本部では同性に味方したくなるだろうが。

「磯山ゆう子は被害妄想をこじらせて人事部に訴えたのか？」

「少なくとも会社側はそう見ているようです。彼女が人事部にまくし立てた主張は、〝告発があった以上、有罪無罪は関係なく、会社として解決するまでは断固として対応を取る必要がある〟〝会社が女性に敬意を持っていればそうするはず〟というものでした」

刑事課長が苦笑いする。

「小さな会社ですが、聞き取り調査はしっかりしたようです。しかし、部署の社員たちは全員が部長や課長のパワハラ・セクハラを否定しました。だからこそ、お咎めなしという判断がなされました」

「濡《ぬ》れ衣《ぎぬ》で社会的評価を貶《おとし》められたら、さぞ憎しみを抱いただろう。二人のアリバイは？」

「……二人共、犯行時刻前には会社を出ており、はっきりしません。裏付けを取っている最中です」

刑事課長はうなずくと、次の捜査官に報告を求めた。

「被害者のスマートフォンの中身を精査したところ、有名な出会い系アプリを頻繁に利用していたことが分かりました。自分の居場所を公開して、その付近にいる相手とマッチングするシステムのようです」

「おいおい。自分の居場所を公開？　全世界にか？」

「アプリをダウンロードしている人間なら誰でも見られるようです。本人が公開している顔写真とプロフィールをセットで」

「考えられん危機意識の低さだな」刑事課長が呆れ顔を見せる。「自ら犯罪を呼び込んでいる」

「位置情報は任意でオフにできる仕様らしいですが、トラブルには頻繁に遭っていたようです。出会ってアドレスを交換した相手と何度も口論になっています」

「具体的には？」

「食事を奢ってくれなかったことや、化粧直しに席を立った隙に逃げ帰られたことや、初対面のうちにホテルに誘われたことなど、かなり強い言葉で相手を非難しています」

「相手の反応は？」

捜査官は書類に目を落とし、答えた。

「逆切れ、ブロック、無視――。様々です。男のほうとしては、彼女の執拗さにうんざりしている様子でした」

「深刻なトラブルに至った可能性は？」

「……それはまだはっきりとしません。出会った男たちを特定し、話を聞きます」

「そうか。分かった」

刑事課長はホワイトボードに写真を貼った。被害者の所持品が写っている。手提げバッグ、スマートフォン、化粧ポーチ、エステ店の会員カード、クレジットカード、手帳――。

「手帳の予定表には事件当夜の書き込みはなし。翌週の日曜日に『婚活』の文字。出会い系の利用を除けば、プライベートの予定が少なく、あまり充実した私生活でなかったことが窺える」

刑事課長が名指しで報告を命じていく。だが、犯人逮捕に繋がりそうな情報はまだなかった。

「どうも彼女は被害妄想が強く、敵を作りやすい性格だったようだ。怨恨《えんこん》の線を中心に聞き込みを続けてくれ。彼女は自宅と反対方向の公園で殺されている。顔見知りと会っていた可能性が高い。退社後の足取りも追っていけ」

三班が命じられたのは、磯山ゆう子の行動範囲の聞き込みだった。家族や友人、同僚などは二班が割り当てられている。

田丸は同じ班の捜査官——五歳年下の野崎《のざき》とのコンビを命じられた。彼は剣道の全国大会で三位に入賞した猛者《もさ》で、空手と柔道の段位も持っており、曲がったことが嫌いな武闘派だ。本来、所轄の捜査官は本庁の捜査官とコンビを組むのだが、本件ではすでに全員がペアになっており、あぶれた者同士で行動することになった。

捜査官の一人が野崎の肩を叩き、「当たり籤《くじ》を引いたな。二人で本庁激震の大手柄を狙え」と冷笑を残して立ち去った。

自分と組んだ捜査官まで嘲笑される現実に胸をえぐられる。

野崎はハズレ籤を引かされたような顔をしていた。だが、生来の生真面目さゆえか、他の捜査官のような嫌味は口にしない。むしろそれは居心地が悪く、どうにも落ち着かない。警視庁を敵に回した愚行を責めてくれれば、自己憐憫に浸れるのに——と思う。

田丸は椅子に座ったまま携帯電話を取り出し、開いた。インターネットの検索サイトにアクセスする。

「……行かないんですか」

野崎の声が頭上に降ってきた。

田丸は携帯を操作しながら答えた。

「被害者はSNSをしていたという話ですから、発言を確認すれば少しでも人柄を知る助けになるかと思いまして。被害者についてほとんど何も知らない中での聞き込みは、前知識なしのインタビューと同じで、何を聞き出すべきかも不明瞭です」

田丸はツイッターにアクセスを試みた。

『ご指定のページは、携帯電話用に変換できません。直接アクセスする場合は、こちらからご覧ください』

文字の下にアドレスがある。クリックすると、『このサイトは安全でない可能性があります。よろしいですか？』と警告文が出た。『はい』を選択する。

『接続が中断されました。再接続しますか』

田丸は『はい』を選択した。『このサイトは安全でない可能性があります。よろしいですか？』の警告文が再表示される。

その繰り返しだった。

「……ネットを見るならガラケーは不便でしょう」野崎は呆れたように言うと、スマートフォンを取り出し、慣れた手つきで操って長机に置いた。「どうぞ」

田丸は彼を見上げた後、スマートフォンを取り上げた。

「すみません、借りてしまって」

「いえ。効率を優先しただけです」

田丸は磯山ゆう子のツイッターを開いた。アカウント名もＩＤも捜査資料に記載されていたから、間違うことはなかった。アイコンは被害者の顔写真だ。自己紹介の欄には、『女。パワハラ・セクハラ被害者。毒吐きです。批判は一切お断り。共感してくれる人だけフォローミー』と書かれていた。

最後のツイートから遡《さかのぼ》って読んでいく。

生前は一日に三十以上ツイートしていたようだ。仕事への愚痴や会社批判が大半を占めている。今の日本社会や職場を断罪するような著名人のツイートも大量にリツイートしていた。

野崎がスマートフォンの画面を覗き込みながら言った。

「ずいぶん攻撃的な女性だったようですね。僕だったらあまり関わりたくないタイプです」

たしかにツイッターの発言を見るかぎりでは、周囲と摩擦を起こしそうな性格であることは否定できない。だが、ＳＮＳの発言は人柄や個人情報の把握に役立つものの、外に発信している人格が〝素〟とはかぎらず、あくまで参考程度にとどめるべきだろう。

さらに遡っていくと、一ヵ月半前には彼女自身の写真もツイートしていた。洋館を連想させる装飾《モールディング》が施された白壁を背景に、バストアップで写っている。化粧は濃く、胸を強調している。

「じどりも上げてるんですね」

警察用語の〝地取り〟かと思った。だが、そうだとすれば文脈が分からず、田丸は「え？」と聞き返した。

「ああ、自分で写真を撮るって意味で〝自撮り〟です」

「インターネット関連には疎いもので」

「最近じゃ一般的な単語ですよ。写真は気をつけなきゃ、犯罪に巻き込まれるリスクを無用に高めるんですけどね」野崎は、ホワイトボードに貼りっぱなしの被害者の顔写真をちら見した。「被害者がツイッターに上げているの、〝奇跡の一枚〟ですね」

それなら理解できる。奇跡的に写りがいい写真、ということだろう。

実際、磯山ゆう子の写真付きのツイートには、褒め言葉の返信《リプライ》が数件、ついていた。それに対して彼女は喜びと感謝を返している。

捜査資料で抜き出されていた件《くだん》の発言を発見した。『みんな嘘のような本当の私の告白、聞く？』ではじまるツイートは、一万人近くのツイッター利用者にリツイートされている。励ましや共感、義憤のコメントが何百件もついていた。

「かなりバズってますね」

田丸は彼を見上げ、首を傾げてみせた。

「話題になったってことです。セクハラ・パワハラ関係のハッシュタグもついていますし。ハッシュタグは分かります？」野崎は『＃』を指差した。「この記号を付けてつぶやけば、タグとして、そのワードの検索に引っかかるので、特定のテーマに興味を持っている人たちが見つけてくれやすくなるんです」

「なるほど。今回の場合はセクハラ・パワハラというわけですね」

「その手の問題に関心がある人が磯山ゆう子のツイートを見つけたことで、一気に拡散したのかもしれませんね」

殺されたのは、出会った男とのあいだで何かがあったのかもしれない。

ツイートを半年前まで読み込んだ。〝毒舌〟が強くなる以前は、可愛らしいカフェや料理の写真が多かった。だが、それらはほとんど興味を持たれていないようだった。

このころのツイート数は一日平均三、四回だ。何かや誰かを猛批判するようになり、投稿回数が十倍近く伸びている。鬱積する不満が爆発したのだろうか。

田丸は席を立つと、スマートフォンを野崎に返した。

「それでは行きましょう」

二人で向かった先は、磯山ゆう子が会員になっていたエステ店だ。青山の一等地に店を構えている。

自動ドアを開けたとたん、豪奢《ごうしゃ》なロビーに出迎えられた。白を基調にした腰壁の上にはダマスク模様の壁紙が貼られ、クラシックなデザインの赤い欧風アームソファが据えられている。天井のシャンデリアは、落下したら人が圧死しそうな重厚さだった。

受付の女性二人は、エステで磨き上げた美の象徴のような容姿で、広告塔さながら目を引いた。彼女たちの視線が注がれた。不審そうに目を細めている。

「……いらっしゃいませ」

自分には後にも先にも縁がない場所だ。見栄《みば》えなど、素材の限界を思い知った中学校のころに諦めてしまっている。

田丸は野崎を伴い、受付に突き進むと、警察手帳を提示した。不審者を見る顔をしていた二人の目が見開かれた。

「少しお話を伺いたいのですが……」

田丸が切り出すと、野崎が磯山ゆう子の写真を取り出した。

「彼女、こちらの顧客ですよね」

受付の女性二人は顔を見合わせた。警察相手とはいえ客の個人情報を安易に答えてもいいものかどうか、探り合うかのように。

「磯山ゆう子さん」田丸は言った。「先日、会社帰りに新宿区内の公園で殺害されました」

二人が揃《そろ》って息を呑む。

「殺人事件の捜査です。お話ができる方にお会いしたいのですが」

彼女たちは囁《ささや》き交わした後、誰かに電話した。そして警察の来訪と事情を説明する。電話を切った彼女は、磯山ゆう子を担当していたエステティシャンに話を通してくれたらしく、会えることになった。

事務室でそのエステティシャンから話を聞いた。白衣に似た制服に身を包んだ細身の女性だ。改めて磯山ゆう子の死を告げると、彼女は絶句した後、神妙な顔でお悔やみを述べた。

「──磯山さんは週に二度、火曜日と金曜日に来店されていました。夕方の六時から七時ごろに予約されることが多かったです」

「何かお話はされましたか」

「施術中に世間話を」

「ほう。どのような?」

「会社の愚痴がほとんどです。予約した日にかぎって残業を強要されるとか。上司の方への不満をよく漏らされていました」

刑事課長は通り魔の可能性にも言及していたものの、基本的には怨恨の線で捜査方針を固めていた。

会社の人間が犯人である可能性は果たしてあるだろうか。彼女が退社した後、尾行して公園で犯行に及ぶ──。

パワハラやセクハラで騒ぎ立てられた恨みで殺人を犯すのは、動機として考えにくい。

濡れ衣で何らかの処分を受けたならともかく、お咎めなしだったのだ。

それよりも、出会い系アプリで知り合った男たちの線を追ったほうが有力そうだ。もっとも、そっちはメインの二班が担当しているから割って入れない。

「他には何かありますか」

水を向けると、エステティシャンは悩ましげに細い眉を寄せた。

「すみません、一般的な話ばかりだったので、あまり記憶に残っていなくて」

「そうですか。会社の愚痴が多かったとおっしゃいましたが、彼女にとって残業はそれほど不満だったのでしょうか。早く帰宅して何がしたいとか、そのような話は？」

「……特には何も。やはり残業時間の長さがご不満の様子でした。裁判員に選ばれたら胸を張って仕事を休めるのに、なんておっしゃっていました」

「裁判員――ですか」

「はい。候補に選ばれたらしく、今度、裁判所に行くとおっしゃっていました。裁判員になれたら何ヵ月も休みが得られる、と」

何ヵ月も――か。

そこまで長い裁判員裁判は稀だ。おそらく『新宿ブラック企業爆破事件』だ。そっち方面が関係している可能性はあるだろうか。だが、暴力団絡みというわけではないので、裁判員が狙われる危険性があるとは思えない。そもそも、暴力団が関わっているような裁判の場合、裁判員の安全を考慮し、裁判員裁判の対象から外される。

「彼女は裁判員裁判について他に何か言っていましたか」

「次に来店されたときは、悔しそうに、選ばれなかった、とおっしゃっていました。またやりたくもない仕事の日々が続く、と」

裁判員に選ばれなかった以上、今回の殺人は裁判絡みではないだろう。

話を聞き終えると、三人で事務室を出た。

ロビーのほうへ向かおうとしたとき、左側の廊下にあるドアが開き、若いエステティシャンに見送られて客の女性が出てきた。巻き髪が顔を縁取っており、白いマスクをしている。

女性はぎょっと目を見開き、立ち止まった。エステ店には不似合いな中年男が突っ立っていたのだから無理もない。不審者に対するように目を逸らし――それでいてさりげなく横目で様子を窺いながら、心持ち足早にロビーへ歩いていく。

田丸はドアが閉められる直前の個室に目を移し、はっとした。

目に入ったもの――。

「待ってください」手のひらで制止しながら歩み寄る。「中を見せていただいても？」

若いエステティシャンは、磯山ゆう子担当のエステティシャンを見た。

「あの……」

「こちらは新宿署の刑事さん。お客様が帰られたなら構いません」

「は、はい」

若いエステティシャンが一歩下がると、田丸は個室内を覗き込んだ。興味があったのは、施術のためのベッドや道具ではなく、内装だった。白壁に洋館を連想させるモールディング――。

磯山ゆう子のエステティシャンは、不安そうな声で「何か問題がありましたか？」と訊《き》いた。

「野崎さん」田丸は彼に向き直った。「被害者のツイッター、見られますか？」

野崎は怪訝《けげん》そうな面持ちを見せながらも、スマートフォンを取り出し、操作して差し出した。

田丸はそれを受け取り、ツイートを遡った。磯山ゆう子の〝自撮り〟にたどり着くと、拡大ボタンを探した。

「これ、画像を大きくするにはどうすればいいんですかね。それくらいの機能はあると思うのですが」

四苦八苦していると、野崎が人差し指と中指を広げ、ピースサインを作った。

「こうですよ、こう。画面にタッチして、指を開くんです」

田丸は言われたとおりにした。広げる二本指に引っ張られるように画面が拡大していく。

「おお！」

感嘆の声を上げると、野崎が苦笑した。

「スマホの使い方を覚えたほうがいいですよ、田丸さん。支給品、あるでしょ。これからの時代には不可欠ですから」

「……考えておきます」

田丸はスマートフォンの画面をエステティシャンに見せた。磯山ゆう子が写っている背景が拡大されている。

「写真の場所、ここですよね？」

エステティシャンは画面を覗き込み、うなずいた。

「はい。当店です。正確には施術室ではなく、化粧部屋ですが」

「化粧部屋なんてあるんですね。化粧の指導も？」

「当店ではそこまではしていません。お客様が化粧をされたままでは顔のマッサージができませんし、体だけのコースでも汗で崩れてしまいますから、施術前には化粧を落としていただくことになっているんです。すっぴんで帰らなくてもいいように、一応、化粧部屋を用意してあるんです。本音を申せば、美容液の成分が肌に浸透する時間を作るためにも、施術後はしばらく化粧をせずにいていただきたいのですが」

「もしかして、先ほどの女性がマスクをしていたのは――」

「すっぴんで来られたり帰られたりするお客様は、マスクをされていることが多いです」

「なるほど。磯山ゆう子さんはエステ後に化粧をし、綺麗な姿で写真を撮影した、ということでしょうか」

「はい。飲食して顔がむくんでしまう前に、一番美しい状態で、見栄えがするここの内装を背景に写真を撮りたい、と」

「磯山ゆう子さんはずいぶん美にこだわりをお持ちだったようですね」

「女性なら誰しもそうでしょう？　それは普通のことです。私どもはそのようなお客様のお手伝いをさせていただいております」

「失礼しました。語弊がありましたね。どうも私は女性心理に疎くて……。磯山ゆう子さんの内面を理解して、彼女の考え方を知りたいと思っていまして」

「内面――ですか。私が勝手にべらべら喋ってしまっていいものかどうか……」

「何が事件解決に繋がるか分かりませんし、もしご存じのことがあればお話しください」

エステティシャンは少しのあいだ躊躇を見せた。

「……磯山さんは、四十代に入り、会社での扱いもあって、女性としての自信を失われていました」

「会社での扱いというのは？」

「誰一人女性として意識してくれない、とおっしゃっていました。少しでも関心を持ってもらおうと、制服の露出度を上げたこともあるそうですが、逆に叱責《しっせき》され、惨めな思いを味わった、と」

「彼女は会社でのセクハラ被害を告発していたんですが、お話を伺っていると、どうにも行動が一致しない気がするんですが」

「注目されたかったんだと思います。以前来店されたとき、そんな話をされていました。それで彼女は、その、夜も、あるアプリで――」

「出会い系?」

「……はい。出会った男性とうまくいかない話もよくされていました」

「ツイッターの話などはされましたか?」

「注目される方法を知った、とか。訊いてみると、理不尽な被害の暴露は注目を集めやすいそうで……そんなツイートをしたらみんなが共感して、同情して、構ってくれる、と」

なるほど、そういうことだったのか。

話を聞き、磯山ゆう子の内面に少し触れられた気がした。

彼女は刑事課長や野崎が語ったような、被害妄想が強くて面倒臭い女性だったのではなく――おそらく、ただ〝居場所〟が欲しかっただけなのだ。

自分には〝居場所〟がない――。

現実社会における自身の立ち位置を思い知らされたときの絶望感や劣等感は、痛いほどよく分かる。こちらからは周りの人々の姿を見ることができても、相手の目には自分が一切映っていない。

自身の存在理由を問う毎日だ。

磯山ゆう子は誰からも相手にされない自分を変えたいと思い、努力した。しかし、状況は変わらず、出会い系アプリでも男たちに優しくされない現実……。悩んだすえにたどり着いた手段がパワハラやセクハラ被害の告白だった。週刊誌の記事などと同じで、ＳＮＳ《ツイッター》の世界も、ネガティブな話や暴露は大勢の目を引きやすいのだろう。

矛盾しているような彼女の言動の数々は、全て、〝居場所〟を望むゆえだった。実際、社会批判やパワハラ・セクハラ被害の告発を行うようになってからは、リツイートの数も比較にならないほど増え、共感のリプライも数多くついていた。

ＳＮＳ上とはいえ、悲劇のヒロインに祭り上げられ、嬉しくてツイッター依存気味になってしまったのかもしれない。

田丸はエステティシャンに礼を言うと、野崎と共に店を辞去した。

割り当てられた他の二件の聞き込みでは、目ぼしい情報は何も得られなかった。

仕方なく新宿署に戻ると、最重要被疑者が任意同行で引っ張られたと聞かされた。

5

「最重要被疑者というのは？」

田丸は新宿署の同僚に尋ねた。だが、彼は組織への裏切りでもそそのかされたかのように、迷惑そうな顔を見せただけだった。教えてくれる気はないらしい。

沈黙が続く中、野崎が進み出て「誰が引っ張られたんですか」と訊いた。同僚はしばし迷ったすえ、田丸に背を向けて答えた。

「出会い系アプリで知り合った男のようです。磯山ゆう子は会った男たちからは容姿が理由で相手にされていなかったようですが、一人だけ食いついた男がいまして。メールの履歴から判明しました」

「どんな男性ですか」

「名前は前島純一《まえじまじゅんいち》。四十八歳。無職。独身。何度も磯山ゆう子に会おうとして執拗にメールを送り、無視されて怒っていました。事件当日、今から行く、とメールを送っています」

「今は取り調べですか」

「はい。本庁の獅子堂《ししどう》さんが担当しています」

〝落としの獅子〟――か。

田丸は野崎に言った。

「見学してきます」

歩きはじめると、「僕も行きます」と野崎の声が追ってきた。連れ立って取調室の隣室に入った。マジックミラーになっており、向こう側の様子が覗けるようになっている。先客は二班の班長だけだ。彼は唇の片端を軽く吊り上げた。

「なんだ、ホシは挙げてないのか」

――これからです。

喉まで出かかった言葉は辛うじて呑み込んだ。反抗的な態度を取ってもメリットはない。自尊心を守っても現状が好転するどころか、ますます悪くなる。

田丸は我慢し、取調室に目を向けた。上部に格子窓がある壁を背にパイプ椅子に座っているのは、馬っぽい顔立ちの男だった。年齢の割には髪が黒々としている。警察署に引っ張られてきたにもかかわらず、萎縮《いしゅく》した様子はなく、むしろ敵愾心《てきがいしん》を剝き出しにしていた。

「――だからさ、何で俺がゆう子を殺さなきゃなんないんだよ」

「ずいぶんご執心だったみたいじゃないの。それなのにつれなくされて、腹が立っただろう？　痴情のもつれか？」

「下種《げす》の勘繰りっていうんだよ、そういうの。あんたらが考えているような関係じゃないんだよ」

「へえ。じゃあ、どんな関係だ？」

「一緒に飯食ったり、酒飲んだり、そんな関係だよ。下品な想像をしないでくれ」

「誰が信じる？　下心がなきゃ、出会い系アプリなんか利用しないだろ」

「……俺も彼女も寂しかったんだ。話し相手が欲しかったんだよ」

「白々しい」

「本当だって。彼女、毎日が充実しているように見せるために、お洒落なカフェやレストランで二人分の料理を頼んだりして、デートを装った写真をネットにアップしたりしてたんだよ。何度も会ううち、話してくれた。あるとき、ふと我に返ったらさ、何だか自分が惨めに思えて、泣けてきたって言ってた。あんたらはくだらない見栄《みえ》だって笑うかもしれないけどさ、人間ってのはさ、孤独には耐えられないもんなんだ。俺だって彼女と同じなんだよ。話し相手がいないから、仕方なく暇潰しにテレビやネットを見るんだけど、幸せいっぱいの連中があふれていて、余計につらくなってさ。惨めになってさ。苦しくってさ。アパートの部屋に独りでいると、独房みたいな気がしてきてさ。それなのに、壁越しに隣の住人が友達や恋人と笑い合うような声が聞こえてきて……孤独なのは自分だけかよ、みたいな」

前島純一の吐露は、胸に突き刺さる切実さを帯びていた。だが、獅子堂には通じなかったようだ。

「なに甘えたこと言ってんだ。五十にもなって出会い系なんかを利用してるのは変態だけだ」

「まだ五十にはなってねえよ！」前島純一は机を叩いた。「やめてくれよ、年齢を持ち出すのは」

「……寂しさを分かち合ってたはずの彼女が相手をしてくれなくなったから、逆恨みして殺したのか？」

「何度も言わせんなよ。殺してねえよ」

「捨てられそうになって、怒って、彼女に会いに行っただろ。え？　過激な脅迫が並んでるな、おい」

獅子堂は机にＡ４の紙を滑らせた。おそらく、二人のメールのやり取りがプリントしてあるのだろう。前島純一は一瞬だけ視線を落とし、顔を歪めた。

「ある日からいきなり返信も遅くなったし、追撃メールにも反応がなかったりして、あまりに一方的に切られそうになったんだよ。自分が何か不快にさせたのかもしれないって気に病んで、思い切って尋ねても無視されたり……」

磯山ゆう子は、世間の共感を集めやすい〝被害〟をことさら誇張して訴えることで、注目される快感を覚えてしまったのだ。孤独な者同士で傷を舐め合うよりも、きっと充実感があったに違いない。だから、前島純一にはもう関心がなくなった。彼には残酷な現実だが……。

前島純一は苦悩に彩られた顔で語り続けていた。

「そのうち悩み疲れて、俺だけが振り回されている気になって、だんだんムカついてきたんだよ。それでこんなメールを……。誰だってあるだろ、そういうの」

獅子堂は鼻で笑った。

「面と向かって話していたならあるだろうな。だけど、文章は会話と違って即座には返せない。一文字一文字、わざわざ打って、送信しなきゃならない。良識的な人間なら、打っているあいだに冷静になるし、送信ボタンを押す前にいくらでも思いとどまれる。そうできないってことは、よほど平静さを失っている証拠だ。ＳＮＳ《ツイッター》やメールで暴言を吐く人間は、面と向かって怒鳴る人間より感情の制御が利かないんだよ。そういう人間は、いつか必ず何かやらかす」

「有名人だって、ちょっとしたことでキレて、ネットで乱暴な言葉遣いしてんじゃねえか」

「ああ、そういう人間も犯罪者予備軍だと思ってる。手が出せるところに相手がいたら、間違いなく暴力に訴える連中だよ。人間は言葉に支配されがちでね。誰かや何かにキレて暴言を吐いていると、感情も荒ぶってきて、行動に移してしまう。あるいは、手を出す踏ん切りをつけるために、暗示のように暴言を用いる。自分の言葉に背中を押してもらうんだよ。あんたもそうだったんだろ？　彼女に暴言のメールを送っているうち、おさまりがつかなくなって、怒りに支配されて……現に電車を乗り継いで彼女に会いに行ってる」

前島純一は明らかに気圧《けお》されていた。先ほどまでの強気の仮面は失っており、目も泳いでいる。机の上に置かれた拳は握ったり開いたり、落ちつきがなかった。

「……あ、あの夜は会えなかったんだよ」

「嘘をつくな」

「本当だって！」

「彼女のマンションの近所をうろついていたな？　目撃証言があるぞ」

「……たしかにマンションまで行ったよ。だけど、彼女は全然帰ってこないし、仕方なく時間を潰してたんだよ」

「待ち伏せだろ、え？」

「違うって！」

　犯行現場は磯山ゆう子の帰宅ルートと反対方向の公園だった。もし犯行時刻に前島純一が彼女のマンションの前をうろついていたなら、彼に殺人は不可能だ。おそらく、獅子堂もそれは承知のうえで攻め立てている。揺さぶり、反応を見ているのだろう。

「二時間以上待ったけど、会えなくて、仕方なく帰ったんだよ。メール見たなら知ってるだろ」

「攻撃的な文面だったな。何通にもわたって。〝警察に通報しますよ〟なんて返されて腹が立っただろう？　メールを送った後、彼女を捜し出さなかったとは言えないな」

「会ってねえって！」

「証明できるか？」

「できるわけねえだろ、そんなもん。やってないことをどう証明すりゃいいんだよ。犯人扱いするなら、警察が証拠を探してくるのが筋ってもんだろ」

「無実の証明は難しくない。アリバイがあれば一発だ」

「何だよ、アリバイって」

「不在証明だよ。犯行時刻に別の場所にいたって証明できれば――」

「アリバイの意味くらい知ってるよ。それをどう証明すればいいのか訊いてんだよ」

「最後のメールを送った後の行動は？」

前島純一が顰めっ面で黙り込んだ。視線があちこちをさ迷う。

「……諦めて帰ったよ」

一流の捜査官でなくとも、嘘をついていることは一目瞭然だった。前島純一は獅子堂と目を合わせようとしない。

「駅は？ 何番線から何時の電車に乗った？」

「覚えてるわけねえだろ」

「時間帯が分かれば、駅の監視カメラで調べられる。無実を証明してやれるんだぞ」

心の籠っていない飴だった。獅子堂には鞭《むち》が似合う。

「なあ、余計な手間は省かせてくれないか。正確な時間を思い出してくれれば、何時間も監視カメラの映像と睨めっこせずにすむ」

前島純一は再び黙り込んだ。

「本当はメールの後も電車に乗っていないんだろ？ わざわざ遠路はるばるやって来て、会わずに帰るわけにはいかないもんな。彼女が帰ってくるまで、ずっと粘ったか？」

「し、しつこいな。会ってねえって」

「彼女も人気《ひとけ》のない公園にわざわざ一人では行かないだろう。帰り道でもないんだ。待ち伏せて付《つ》き纏《まと》って、逃げる彼女を公園で殺害した。違うか？」

「何度も言わせるな。俺は彼女と会ってない！」

すぐには帰らず、何とかして磯山ゆう子に会おうとしていたのは間違いない。たぶん、帰らなかったと話したら不利になるから、嘘をついているのだろう。

「田丸さんは、どう思います？」

野崎が囁き声で訊いてきた。

傍らに立っている二班の班長の耳を気にしたのだろう。

田丸はマジックミラーごしに前島純一を見つめたまま、同じく班長に聞こえない小声で答えた。

「私は——彼は犯人《ホシ》ではないと思います」

野崎が息を呑む音が聞こえた。

「彼が犯人だと、少しちぐはぐな気がしまして……」

横目で見やると、彼は眉間に皺を刻んでいた。

警視庁との関係を悪化させた新宿署の〝お荷物〟が持論を開陳すると、去年の大スキャンダルの二の舞を連想するのか、誰もが警戒心と嫌悪感を剝き出しにする。捜査本部の方針と対立している意見の場合は特に。

捜査会議の場で意見しようとしていることは、言わなかった。言えば困らせるだけだろう。

結局、任意の取り調べだから長時間は拘束できず、決め手もないまま前島純一は帰宅を許された。

6

捜査会議がはじまると、順番に捜査状況が報告されていった。聞き込みの成果は薄く、目ぼしい新情報はなかった。

「で、取り調べの成果は？」

刑事課長が水を向けると、獅子堂が立ち上がった。

「一貫して否認を続けています。しかし、出会い系アプリで知り会った男たちのうち、磯山ゆう子に執着していたのは奴一人です。事件当日は感情的なメールを大量に送りつけています」

獅子堂は捜査資料を手に取り、読み上げた。

『先々日、メールを送ったのですが、届いているでしょうか。メールサーバの不具合でなければいいのですが』

『大丈夫ですか？ ゆう子さんの身に、何かありましたか？ 返信がないので心配です。次はいつ会えますか？』

『美味《おい》しい居酒屋を知っています。ぜひまた飲みましょう。一人でいたら気が滅入っちゃいますし、誰かと話したほうが楽しいですよ。願わくば僕がその役目を担いたいです』

『返信がないのは、他に何か楽しいことを見つけたからですか？　そうだといいのですが……』

『もしかして、僕が何か不快にさせたでしょうか。そうであれば、遠慮なく教えてください。反省します。ゆう子さんと元どおりの関係になりたいです。すみません』

獅子堂は一呼吸置いた。

「これが事件当日、半日で被害者に送りつけられたメールです。返信がないのに五通。一方的に送っています。それから三時間ほど間が空き、またメールが再開します」

再び文面を読み上げる。

『ゆう子さん、何で無視すんの。言ってくれなきゃ何も分からないんだけど？』

『君も俺をからかってたわけ？　君も俺を傷つけたクソビッチたちと一緒だったんだな。失望』

『都合のいいときだけ男を利用して、用済みになったらポイか。そんな性格だから誰にも相手にされねえんだろ。自業自得だな。寂しい女！』

『あんまさ、人に恨まれること、しないほうがいいよ。そんな態度じゃ、いつか後ろから刺されるよ。気をつけてね』

刑事課長が親指の腹で顎を撫でた。

「ずいぶんな豹変《ひょうへん》ぶりだな。思い込みが激しく、沸点が低い。大人になり切れなかった子供みたいなもので、傷ついたと言ったり、怒ったりすれば道理が通り、世の中が自分の思い通りになると信じ込んでいる。最近はこういう手合いが多い。四十になっても五十になっても感情を撒き散らしている」

「この四通のメールの後、磯山ゆう子が初めて返信しています。約三日ぶりのメールです」

「怯えていたんじゃないか」

「もちろん恐怖もあったでしょうが、毅然《きぜん》とした文面で一言。『私は仕事中です。もう二度とメールしてこないでください』」

「前島純一の反応は？」

「エスカレートしています」

獅子堂が捜査資料をめくり、二枚目を読み上げた。

『私は、って何それ、嫌味？　無職で悪かったな。いきなり一方的なお別れ宣言って、不誠実だろ。会って話そう。仕事は何時に終わる？　いつでも会いに行くよ。なんせこちとら無職ですから（笑）』

「磯山ゆう子は反応していません。その一時間後から、前島純一は十数分置きに『まだ帰ってこないの？』『今、マンションの前に来たよ。寒い』『会って話せば誤解は解けるはず』『関係を戻そう』とメールを送り続けています」

「彼女は徹底的に無視か？」

「一度だけ、『やめてください。警察に通報しますよ』と返信しています」

刑事課長は無言でうなずいた。

おそらくクロの心証を強めただろう。前島純一が送り続けたメールの文章を知ると、たしかに最重要被疑者として引っ張られた理由も分かる。これは単純なストーカー殺人なのか？

「他に進展は？」

刑事課長が面々を見回した。

田丸は小さく息を吐くと、手を挙げた。刑事課長の視線が向けられる。目が合ったとたん、彼の唇が歪んだ。

「……何だ」

露骨に鬱陶しそうな口調だった。空気を読むことを要求されているのは明白だ。だが、
田丸は立ち上がった。

「前島純一は真犯人《ホンボシ》ではないと思います」

捜査員たちがざわついた。

大袈裟な反応だな、と思う。捜査会議で事件や方向性について侃々諤々《かんかんがくがく》、様々な主張が飛び交うのは日常茶飯事だ。同じ台詞でも別の捜査官が口にしていたら、一つの意見

として一考されただろう。結局のところ、本庁に激震を与えた厄介者の異論だから、こういう反応になるのだ。

「何でも反対か。反対のための反対に知性は不要だから楽だよな」

刑事課長の声には隠し切れない棘《とげ》があった。

「今回の事件は物証に乏しく、計画的な匂《にお》いがします」

「……逆恨みした前島純一が計画的に襲った。そういうことだろう」

「被害者のマンションを訪ねた時点では、彼はまだ被害者と関係を修復しようとしていました。先ほど読み上げられたメールから分かるとおりです。殺害の準備をしていたとは思えません」

「推測にすぎんな。彼が犯人ならば、突発的な犯行のはずです」

〝最後通牒《さいごつうちょう》〟のメールを突っぱねられたら殺すつもりで、あらかじめ準備していたんだろう」

「現段階で犯人《ホシ》を前島純一に絞るのは早計です。回り道をしてしまって、ホンボシを逃がす結果になる恐れもあります」

刑事課長は鼻で笑った。

「そんなにあの〝大手柄〟が忘れられんか。たまたま捜査本部を出し抜いたからといって調子に乗るな」

「私はホシを逃したくないだけです。今回の事件は、被害者の孤独や寂しさを理解し、その心情に寄り添って捜査することで何かが見えてくるのではないかと思っています」

自分の居場所がない、という彼女の悲嘆や絶望は、痛いほど理解できる。まるで、鏡に映る自分自身の心を覗き込んでいるかのように。

「被害者がなぜ帰宅ルートと反対側の公園で殺されたのか。それこそ事件の鍵ではないかと」

「深読みは素人の専売特許だぞ。こんなことをするのはおかしい、ああしないのは不自然だ、という視野狭窄《きょうさく》の決めつけは、大抵、的外れだ」

刑事課長の言い分も分かる。左利きの人間による犯罪があったとして、左手で箸《はし》を使っているから彼が犯人だ、と推理を開陳しても、現実では思わぬ理由があったりする。たとえば、本来は右利きだが、右脳を鍛えるためにあえて食事では左手を使っていただけ、というオチが待っていたり。

だが、警察こそいつもその決めつけからスタートして証拠を探しているではないか。

「被害者は帰り道で前島純一に遭遇したのだろう」刑事課長が言った。「そして逃げた。反対方向へ。だが、公園で追いつかれ、殺された。そう考えれば筋は通る」

「しかし——」

「組織に害を与えたお前と彼女は違う。私情を挟むな」

私情——。

自分は私情で目が曇っているのだろうか。彼女の抱えていた孤独感は何も関係なく、前島純一による逆恨みの犯行なのか。

「二班は前島純一の交友関係を中心に聞き込みだ。三班は前島純一を知る人間を当たり、犯行を示唆する発言などがなかったか、確認しろ。状況証拠を積み重ね、逮捕に持ち込むぞ。そして取り調べで落とす」

捜査官たちが一斉に「はい！」と応じる。

「待ってください！」田丸は拳を握り固め、食い下がった。「現場で目撃者を捜すべきです」

「必要ない。いたずらに捜査を攪乱《かくらん》するな」

「攪乱ではありません」

「攪乱だ」

「前島純一とは別人が目撃されている可能性もあります。私は、間違いがないよう――」

「別人が目撃されていたとして、どうする？　鵜呑みにしてそいつを捜すのか？」

「はい。別人の存在が浮上したら、当然そうすべきです」

「目撃証言が必ずしも正確とはかぎらん。曖昧《あいまい》な証言に引っ掻き回されたら逮捕が遅れる」

問答無用、という刑事課長の態度は、当てつけではないかと邪推したくなる。主張したのが警察組織に忠実な捜査官なら、耳を貸しただろう。

もし自分が〝前島純一犯人説〟を唱えていたら、どうなっていたか。逆に、ホンボシがいる可能性を踏まえて慎重に捜査しろ、と指示が出たかもしれない。

田丸は苦々しさを噛み締めながら、捜査会議が終わるのを悄然《しょうぜん》と見つめているしかなかった。

7

班長によって割り当てられたのは、前島純一の大学時代の知人への聞き込みだ。

二十年以上前に同じ大学にいた人間を捜し出して話を聞いても、相手を困らせるだけだった。前島純一を覚えている人間のほうが少なく、毒にも薬にもならない仕事を押しつけられている、という悔しさだけが強まっていく。

「野崎さん」田丸は彼に言った。「もう一度、現場に行ってみませんか」

野崎は顔を顰めた。

「僕らの担当は現場ではありません」

「現時点で被疑者を絞るのは間違いだと思いませんか。現場を調べれば、他の可能性が見つかるかもしれません」

「与えられた仕事をこなすことが大事です。スタンドプレーは許されません」

「我々は蚊帳《かや》の外です。これは〝仕事〟ではありません。〝追い出し部屋〟で無意味な作業を強いられているも同然です。悔しくはありませんか?」

野崎は一瞬何かを言いそうになり、口を閉ざした。引き結ばれた唇の片端が歪んでいる。

共感の言葉を返そうとしたのだろうか。それとも、一体誰のせいで――と怒鳴りそうになったのだろうか。

野崎が何も言わなかったので、真意は分からなかった。彼は生真面目な性格だから後者かもしれない。

警察学校で徹底的に叩き込まれたように、警察官は組織に忠実でなければならない。野崎は常に逸脱せず、与えられた仕事をこなす。だからこそ、〝お目付け役〟としてあてがわれたのかもしれない。自分が単独行動をすれば、彼にも迷惑をかけてしまう。現場で聞き込みをしたかったが、断念せざるを得なかった。我がままの巻き添えにするわけにはいかない。

夜になると、田丸は一人で新宿署を出た。

所詮はサブ扱いだから、署内に泊まり込んでいる二班と違って時間がある。久しぶりに『麗麗』で一杯やりたかった。

ため息とともに歩き、大ガード下を通り抜けた。ネオンがあふれる歌舞伎町は、いつ来てもまばゆく、活気がある。居場所があるはずの空間でいたたまれない時間をすごすより、最初から場違いな空間のほうがまだ落ち着く。

さくら通りに踏み入ると、次々にキャッチに声をかけられた。『麗麗』に通うようになってから何十回と繰り返してきた台詞――「目当ての店がありますから」――を口にし、スルーしていく。

呪術師という表現が似合いそうな老婆がすり寄ってきて、しわがれた声で囁いてきた。

「あんた、どこ行くの。エッチなお店、あるよ」

ストレートな言いざまに田丸は苦笑しながら、例の台詞で答えた。だが、老婆は全く引き下がらず、麝香《じゃこう》の香水臭い体を寄せてきた。

「いいじゃないのさ。もっといい店だよ、あんた」

「そういう店は求めていませんから」

「何言ってんの、まだ涸《か》れたってわけじゃないんだろ?」

田丸は答えるのをやめ、そのまま歩き去ろうとした。田丸よりも小柄な老婆は小股の早足で並び、今にも二の腕を摑みそうな距離で誘い続ける。

なかなか執拗だな、と思ったとき、突然、老婆の体が後ろへ弾かれた。振り返ると、彼女は尻餅をついていた。

「おい!」

怒鳴るような声がした。

前に向き直ると、黒髪、茶髪、金髪、赤髪――。ホストの集団が立っていた。

金髪のホストが老婆を睨みつける。

「汚《きたね》えなあ。ヨシキさんの服が汚れんだろうが。何十万すっと思ってんだよ」

ホストの集団は、一目で値段が違うと分かる、派手なスーツを着込んでいた。サラリーマンの無個性なものとは違い、高級ブランドらしく全体的にタイトで華美だ。胸元や指にはゴールドやシルバーのアクセサリー。

赤髪のホストが「目障りなんだよ！」と吐き捨てる。

田丸は制止しようと一歩踏み出した。だが、それよりも先に口を開いたのは、老婆にぶつかられた本人――ヨシキと呼ばれた茶髪のホストだった。

「お前ら、みっともないまねすんな」

ホストたちは戸惑いを見せた後、新兵のように背筋を伸ばして「すんませんした！」と頭を下げた。

ヨシキは老婆に歩み寄り、紳士然とした所作で手を差し出した。

「申しわけありません。不注意で」

営業スマイルだろうが、彼は作り物と一切感じさせないほほ笑みを浮かべている。

老婆は一瞬手を伸ばしそうになるも、自分なんかが触れていいのか躊躇したらしく、しばらく宙で手を止めたすえ、さっと引っ込めてしまった。腰を押さえながら一人で立ち上がった。ホストの集団を一睨みしてから踵を返し、足を引きずりながら去っていく。

黒髪のホストが「感じ悪《わり》い」とつぶやく。

「よそ見してたのはお互い様だろ」ヨシキが言った。「相手はお婆さんなんだから、こっちが気をつけないとな」

「……まあ、そうなんすけど」

トラブルの匂いを嗅《か》ぎつけていた野次馬の反応は様々だ。つまらなそうに去っていく中年男、憧憬の眼差しを向ける青年、見惚《みと》れている若い女性――。

何もかも自分とは対照的な青年だ。自分の卑小さと惨めさが際立つ気がし、一刻も早くその場を立ち去りたかった。

「ほら、お前ら、行くぞ」

ヨシキは野次馬の視線など気に留めた様子もなく、後輩たちを引き連れて夜の街へ消えた。

田丸は救われた思いを抱きながら、さくら通りを後にした。薄暗い通りを進んでいき、『麗麗』のドアを開ける。バーテンダーが「いらっしゃいませ」と控えめに声をかけた。

軽く目礼し、店内に進み入る。この夜は客の入りも良く、テーブル席にはカップルが二組と、中国語を話す四人組が座っていた。カウンター席には、くたびれた中年男と若者――。

カウンターの馴染みの席は埋まっていたものの、二つ隣は幸い空いていた。

田丸はそこに座ると、ウイスキー・マックを注文した。ちびちびと舐めるように味わう。

『百人町女性会社員殺人事件』は被疑者を前島純一に絞って捜査が続けられている。決定的なアリバイでも見つからないかぎり、それは変わらないだろう。

三班が命じられるのは、二班の〝手伝い〟だけ。明日も明後日も無意味な聞き込みを続けるのだ。はみ出し者にお似合いと言えばお似合いなのかもしれない。

思わず苦笑が漏れる。

自分は事件の解決を一番に願っているのだろうか。それとも、捜査官として活躍の場を欲しているのだろうか。

心の奥底を探ってみると、ひとかけらの自尊心が残っていた。

それは許されないものなのか。

被害者の無念を晴らすことを最優先すれば、誰が捜査の中心で誰が解決しようと構わないはずだ。警察は組織なのだから、全員が身勝手な個を捨てて捜査しなければならない。一人が暴走すれば、統制が取れなくなる。

一年前の新宿の連続殺人事件では、結果的に真犯人《ホンボシ》を挙げられたからこそ、まだ結果オーライという言い分が通じる。だが、もし何か誤認があったとしたら？　警察組織を無用に引っ掻き回しただけで終わってしまう。

無私の精神――。

自分に果たしてそれが可能だろうか。

そもそも、自分は何のために活躍の場を望む？　自分の手で被害者の無念を晴らしたいのか？　称賛を浴びたいのか？　昇進したいのか？　ホンボシを逮捕しながら窓際に追いやられている現状を打破し、自分を見下す連中を見返したいのか？

田丸はウイスキー・マックを呷った。普段のペースより早く二杯目を注文する。

刑事としてしか生きる術《すべ》がない自分は、捜査に関われなかったら無価値だ。

斜に構えて世の中を眺め、酒に溺《おぼ》れる――。そんな毎日はごめんだ。

深夜まで飲み続けたとき、普段は決して出しゃばらないバーテンダーが声をかけてきた。

「大丈夫ですか?」

田丸はバーテンダーを見つめた。カウンター上部から当たるオレンジ色の照明のせいで、輪郭が若干ぼやけている。あるいは酔いのせいか。

大丈夫ですよ――。

そう答えようと思った。心の奥底の本音に気づいていないふりくらいたやすいと……。

だが、意に反して口から漏れた台詞は違った。

「仕事がうまくいかないんです」

バーテンダーには新宿署の捜査官だと知られているから、何に行き詰っているか想像できただろう。だが、おそらく外れている。

行き詰っているのは捜査ではなく、自分自身の刑事人生だった。

それを知っていたら、彼は共感の眼差しではなく、憐憫の眼差しを向けただろう。

「いつかうまくいく日が来ますよ」

バーテンダーは当たり障りがない返答を寄越した。含蓄のある――あるいは意味ありげな——台詞ではなく。

田丸は苦笑を返すしかなかった。

「……いつかまた田丸さんの雄姿が見られることを祈っています」

バーテンダーに正体を知られたのは、例のホンボシ逮捕の報道が原因だった。

ほとんどの一般市民にとって、ほんの一時《いっとき》テレビに映った冴えない警察官の姿など、記憶の片隅にも留めておかないものだ。だが、さすがに馴染み客の顔が映れば別で、次に『麗麗』を訪ねたときは、一言、『お手柄でしたね』と声をかけられた。踏み込みすぎないその台詞が妙に嬉しかったことを覚えている。

今はどうだろう。

あれは雄姿ではなく、繰り返したくない過ちかもしれない。

曖昧にうなずき、何杯目かも分からないウイスキー・マックを注文し、一口飲む。吐く息がアルコール臭い。

仕事中まで酒が残ったら上司の雷が落ちるだろう。いや、何も期待されていないはみ出し者は、怒られもしないかもしれない。

「……会計を」

ウイスキー・マックを半分以上残したまま席を立つ。勘定書を見ると、七杯も飲んでいた。

代金を払って『麗麗』を出る。田丸は自分の足取りがふらついていないことを確かめると、コンクリートの階段を下りた。通りに出たとたん寒風が吹きつけ、剝き出しの肌を切り裂いていく。

襟を掻き合わせ、歩いた。さすがの歌舞伎町も、深夜になると人の波は落ちついている。

歌舞伎町を出ると、雑居ビルが目立つ通りに向かう。人の姿はほとんどない。しばらくぶらついてから帰宅しようと思った。

田丸は夜風で酔いを醒ましながら歩いた。突如、静寂の中に駆け足の靴音が響いてきた。

音の方角に顔を向けると、困惑顔で周辺を見回している青年——赤髪に高級そうなスーツを着ている——が目に留まった。『麗麗』を訪ねる前に遭遇したホストの一人だと思い出した。アルコールが回っていても記憶はしっかりしているようだ。

女性客の尻でも追いかけているのだろうと思い、無視して通り過ぎようとした。

「すんません……」

赤髪のホストに声をかけられた。

「ヨシ——背の高い男性を見かけませんでした？　俺と同じホストなんすけど、茶髪で、ええと……」

田丸は「いえ」と小さく首を横に振った。

彼は大きく嘆息し、綺麗にセットされた赤髪を掻き毟った。微風のようにか細い声で

「おかしいなあ……」とつぶやいている。

赤の他人にまで声をかけてくるあたり、かなり動揺しているようだ。

「どうしました？」

尋ねたのは警察官としての義務感からだった。

赤髪のホストは、田丸の存在などもう意識から消えていたのか、はっとした。

「いや、ちょっと人を捜していて……すんません」

「何かあったんですか」

重ねて訊くと、彼は露骨に迷惑そうな顔を見せた。無理もない。見知らぬ中年男に問い詰められたら面倒臭いだろう。

田丸は懐を探ると、警察手帳を取り出した。

「新宿署の田丸です。トラブルですか？」

赤髪のホストは目を見開いた。瞳が泳ぐ。

後ろめたい事情があるのか、単に夜の仕事をする人間として警察に抵抗があるのか。

彼はしばらく躊躇した後、口を開いた。

「俺、ホストクラブの『モナ・リザ』で働いてんすけど、ナンバー2《ツー》のヨシキさんを捜してて。ヨシキさんが店にスマホを忘れてたから、慌てて追いかけて……でも、部屋までは分からなくて……」

「入れ違いになった可能性は？　ヨシキさんのほうもスマホのことに気づいて、店に戻ったかもしれませんよ」

赤髪のホストは「あっ！」と声を上げ、自分のスマートフォンを取り出した。店の人間に電話をかけたのだろう、事情を説明し、ヨシキが戻って来ていないか確認する。

「──そっすか。分かりました。もし戻って来られたら俺に電話ください」

彼は電話を切ると、渋面を作った。

「駄目っすね」

「プライベートで何か用事があったのかもしれません。明日になったら店に来られるのでは？　ヨシキさんは酔われていましたか？」

「え？」

「仕事柄、相当な量のお酒を飲まれるでしょう？　前後不覚になるほどなら、その辺りで酔い潰れているかもしれません」

「いや、ヨシキさんは酒に強いし……あっ、でも、今日はずいぶん飲まされていて、たしかに少し酔っていたかも」

トラブルも泥酔も歌舞伎町では日常茶飯事だし、大の大人なのだから無用な心配だとは思うが……。

「特別心配する理由でも？」

赤髪のホストは視線をさ迷わせた。

「……昨日、お客さんの旦那《だんな》とお店でトラブルになって……相手が『ぶっ殺してやる』

って。それで……これ以上は勘弁してください」

彼は恐縮した顔で頭をぺこりと下げた。

店の内情をべらべらと警察官に喋ってしまったら、立場が悪くなるだろう。

少なくとも心配する理由があるのは分かった。

いざこざに巻き込まれたか、泥酔か、それとも杞憂《きゆう》か——。

田丸は眉を掻き、通りを見回した。ふと目に入ったのは、団地とビルに挟まれた路地だった。

一昔前の歌舞伎町だと、酔客や、トラブルで叩きのめされた男が路地裏で倒れているケースも珍しくなかった。

繁華街から離れた団地でまさか、とは思うが、念のためだ。

田丸は路地に進み入った。生い茂る雑草を踏みにじり、覆いかぶさる闇に目を凝らす。

積み重ねたゴミ袋に似た影があった。どくん、と小さく心臓が跳ねた。慎重な足取りで一歩、また一歩と近づく。

携帯電話を開いて画面の明かりで照らすと、いびつなその影はゴミ袋ではなかった。

両足を投げ出して壁にもたれかかるようにしている人間だった。

朱に染まったヨシキの胸からは、ナイフの柄が生えていた。

8

署への通報を終えた田丸は、赤髪のホストに歩み寄った。他の捜査官たちが来たら尋問の機会を失うかもしれない。話を聞くなら今しかない。

「刑事として少し質問を。あなたのお名前は？」

彼は茫然自失状態だったが、二度問いかけると、我に返った。赤髪をいじりながら答える。

「ヒデト」

「本名ですか？」

「いや」

「本名を教えてください」

「必要っすか？」

「はい。事情を伺うのに偽名では差し障りがあります」

「偽名じゃなく、源氏名」

「失礼。源氏名では調書も作れませんので、どうか、本名を」

「……高島《たかしま》瑛作《えいさく》」

「高島瑛作さんですね。いいお名前ではないですか」

彼は苦笑した。

「いや、ダサいっしょ。昭和かっての。語感がね、なんか田舎で農業でもやってそうでしょ」

「ホストをされているという話でしたが、お店はたしか――」

「さくら通りの『モナ・リザ』っす」

「何度か目にしたことがあります。なかなか豪華な外観のお店ですよね。殺されたヨシキさんについてお話を聞かせていただきたいのですが」

高島瑛作は下唇を嚙みながら視線を逸らした。夜風が吹き抜けていく。

「何でこんなことになったのか……」

「消沈するお気持ちはよく分かります。ですが、犯人を捕らえるためにも、どうかご協力を」

高島瑛作は無言でうなずいた。

「ヨシキさんの本名は分かりますか」

「いや。源氏名で呼び合ってたし、ちょっと……」

「そうですか。では、とりあえずヨシキさんとお呼びしますが、先ほど話していたお客さんの夫とのトラブルというのは――?」

「逆恨みっすよ。妻をたぶらかしたな、って。ヨシキさんに入れ込んでる太客《ふときゃく》で、店に来るたび、他の女性と競い合うように高級シャンパンを入れていて……一晩で数百万を使うこともありました。何度ドンペリコールをしたか」

高島瑛作の口ぶりには、どこか陶然とした響きがあった。自分もいつか将来は――という思いがあるのかもしれない。

「数百万ですか。バブル時代ならいざ知らず、それは物凄い金額ですね」

「今月はヨシキさんがトップになれそうだったのに……それがこんな……」

「その女性客はどのような立場の方なんでしょう?」

「不動産屋の社長夫人です」

「お名前は?」

「和子《かずこ》さんです」

「年齢は分かりますか」

「たぶん、四十代じゃないかと」

「昨日の出来事を聞かせていただけますか」

「和子さんが店に来て、いつものようにヨシキさんがつきました。でも、ヨシキさんは人気があるので、すぐに席を外してしまって。俺はヘルプにつくんすけど、和子さん、『ヨシキはまだなの?』って。煙草を吸ったり、爪を嚙んだり……イライラしていて」

高島瑛作は夜空を仰ぎ、白い息を吐き出した。間を置いてから顔を戻す。

「和子さんは、『何よ、あんな小娘』なんて吐き捨てて、ヨシキさんを取り戻すためにプ、プ、プラチナを入れたんです」

ドンペリのプラチナ――か。相当な金額だろう。自分なら一滴も飲まずに一生を終える酒だ。

「小娘ということは、その女性客のほうはお若い？」

「自称二十二歳っす」

「その若さで和子さんと張り合えるほどのお金を持っていたんですか？」

「美人なんで、ヨシキさんのお気に入りでした。親がお金持ちの女子大生って言ってますけど、あの金遣いとか、寂しげですれた感じは、たぶん、風俗嬢っすね。〝水〟じゃなく、〝風〟をしている子は、大抵わけありなんで、稼いだお金を全額つぎ込んだり、後先を考えないタイプも多いんです」

〝水〟はキャバクラなどの水商売、〝風〟はソープなどの風俗店を意味する隠語だ。

「すみません、話の腰を折ってしまって。どうぞ続けてください」

「はい。和子さんがプラチナを入れたんで、店内が沸いて、全員でまたコールをしたんです。その盛り上がっている最中、出入り口のほうから怒鳴り声が聞こえてきて。全員が何事かと顔を向けたら、スタッフが弾き飛ばされて、椅子を巻き込みながら倒れたんです」

「結構な騒動だったんですね」

「こういう商売なんでよくあることだって思うかもしんないっすけど、俺が働きはじめてからの二年で初めてでした。禿《は》げた中年のおっさんが乗り込んできて、『和子を出せ！』って。で、和子さんを見つけると、店内を見回して、『浮気相手はお前か！』って。ヨシキさんのもとにずかずか突き進んで……」

「暴力はあったんですか？」

「俺、ヤバイって思って、立ちはだかったんです。ヨシキさんに何かあったら洒落になんないっすから。そうしたら――」高島瑛作は自分の左拳で左頰を殴る真似をした。

「一発食らっちまって」人差し指で唇の端に触れる。「ほら、ここ、切れてるっしょ」

名誉の負傷であるかのように、顔を突き出してみせる。だが、暗い中でははっきり確認できなかった。

「先輩を守るために飛び出すなんて、勇敢ですね」

「ヨシキさんだからっすよ。ヨシキさんには、マジで、面倒見てもらってましたから」

高島瑛作は下唇を噛み、地面を睨みつけた。握り締めた拳はわなわなと震えている。本気で憤っているのが伝わってくる。心から慕っていたのだろう。

「ヨシキさん、派手だからそうは見えないでしょうけど、苦労人だったんですよね。前にかなり酔ったとき、話してくれたんです。人に心を開くのが苦手でクラスで浮いて、学校をサボって、勉強にもついていけなくなって、ますます学校に行きづらくなるって悪循環で……町をさ迷い歩くうち、スカウトされてこの世界に飛び込んだんです」

「そうだったんですね……」

「はい。ヨシキさんは、『ようやく〝居場所〟を見つけられたんだ……』って、しみじみ、どこか嬉しそうな笑みを浮かべていたのが記憶に残っています。こういう仕事って、世間からは否定的に見られがちですけど、お客様だけじゃなく、キャストだって救われること、あるんです」

居場所——か。

今の自分にはなく、心底で欲しているものだ。きっと、人は誰しも居場所を探して生きているのではないか。

「話を戻しますね。和子さんの旦那さんは、その後、どうしましたか？」

「暴力振るったんで、周りから悲鳴が上がって……何人かのスタッフが取り押さえました」

「警察には？」

高島瑛作は黙って首を横に振った。

「なぜ？」

「そりゃ、変な噂が立ったらまずいじゃないっすか。お客さんの彼氏や旦那が殴り込み——なんて、どんなあくどい店だって思われますし、マスコミだって、俺らを悪者にして面白おかしく報じるでしょうし、損しかないんで」

「結局旦那さんは？」

「叩き出されました。あっ、叩き出されたって言っても、スタッフは手を上げたりはしてないっすよ。暴れる旦那さんを店の外へ引きずり出して……」

「和子さんの反応はどうでした？」

「居心地悪そうでした。ヨシキさんに謝って、そのまま、店を出て行きました」

やがて、深夜の静寂を破るサイレンが血の色を撒き散らしながら近づいてきた。

覆面パトカーで乗りつけたのは、野崎を含む三班のメンバーだった。他班が忙殺されている以上、殺人事件が発生すれば三班が駆り出されるのは明らかだ。

班長が進み出た。眉間に皺を刻んでいる。

田丸は軽く目礼した。新宿署に連絡した際、事情は伝えてある。

「何があった？」

「お話ししたとおりです」

「第一発見者は？」

「一応、私です。偶然、現場に居合わせました」

「本当に偶然なんだな？」

本気で訊いているのだろうか。はみ出し者だからといって――望んではみ出したわけではないが――、殺人事件に関与するわけがないではないか。

反発心は抑え込み、「もちろんです」と答えた。

「そうか。一緒にいたホストというのは？」

田丸は赤髪の高島瑛作を一瞥した。

「彼です」

「派手な外見《ナリ》だな。頭が燃えてる」

「見かけに反して情に厚い方のようです」

「もう話を聞いたのか？」

当然、感心しているわけではない。許可なく出しゃばるなよ、というニュアンスが感じられた。

「第一発見者という意味では、私も無関係ではありませんから」

「……まあ、いい」班長は捜査官の一人を見やって言った。「彼から事情を聞いてくれ」

「待ってください。それなら私が引き続き――」

班長は何かを言いそうになり、口を閉ざした。撥ねつける言葉を探したものの、さすがにそこまで突っぱねるわけにはいかない、と気づいたかのように。

「……分かった。野崎と一緒にな」

お目付け役は必要、ということか。

完全な蚊帳の外に置かれなかっただけでもありがたい。

田丸は班長に軽く辞儀をし、野崎に状況を説明してから二人で高島瑛作に歩み寄った。

「先ほどの続きを伺いたいのですが」

高島瑛作は現場を横目で見た後、うなずいた。

一帯には『ＫＥＥＰ ＯＵＴ』のテープが張り巡らされ、紺色の制服に身を包んだ鑑識課の人間たちが現場検証をはじめている。団地は騒然としていた。寝間着姿の野次馬もいれば、カーテンの隙間から覗き見ている者もいる。

「好奇心からの質問なんですが、ヨシキさんはどれくらい稼がれていたんでしょう？」

「……二千はあったんじゃないっすか」

年収二千万——自分の何倍だろう。世界が違いすぎて、嫉妬も湧かない。

田丸は団地を見上げた。

「それだけ稼がれていた『モナ・リザ』のナンバー2の城にしては、ずいぶん質素ですね」

「俺ら、後輩たちの世話をしてくれていたからっすよ。こういう世界を見ておけ、って感じで、高級レストランでご馳走してくれたり、稼げなくて辞めようとしていた後輩の生活を助けてくれたり……だから収入はほとんど手元に残らなかったんじゃないっすかね」

そんな後輩想いの彼がなぜ殺されたのか。

「刑事さん」高島瑛作がぐっと身を乗り出した。「犯人、絶対捕まえてくださいよ！」

犯人——か。

現状で最も疑われるのは、和子の旦那だろう。妻がホストと浮気していると思い込んだら、〝私刑〟を行うかもしれない。もしアリバイがあったとしても、金で誰かを雇った可能性はある。

動機があって一番疑わしい人物がそのまま犯人であるケースは多く、警察としても真っ先に目をつける。だが、冷静に状況を俯瞰《ふかん》する目は常に必要だと思っている。

「和子さんの旦那さん以外で、犯人に心当たりはありますか？」

高島瑛作は首を捻った。

「ないっす」

「同僚はどうでしょう？　関係は良好でしたか？」

「当たり前っしょ。後輩思いだし、偉ぶらないし、他人から恨みを買う人じゃないっすよ」

「ナンバー1争いをしていた相手の方はどうでしょう？」

「レンさんは、そんな器の小さい人じゃないっすよ。ライバル同士、競い合う関係っていうか……ほら、そういうの、何て言うんでしたっけ？」

「切磋琢磨《せっさたくま》ですか？」

「そう、それ！　そういう関係でした」

外から見えているものが真実とはかぎらない。平気そうな顔をしていても、自尊心がへし折られたときの苦しみは計り知れない。ライバルホストの存在も、頭の片隅には残しておかねばならないだろう。

田丸はヨシキの普段の様子などを聞き、事情聴取を切り上げた。現場に戻り、鑑識課員の様子を眺める。

何一つ根拠はないものの、今回の事件は長引きそうだと感じた。

9

夜の団地は喧騒《けんそう》に包まれていた。

田丸はヨシキが写っている写真を高島瑛作から転送してもらい、班長に彼の話を報告した。

「被害者の本名は分かったのか？」

「いえ。彼は源氏名しか知らないそうです」

「そうか。それは厄介だな」

「ホストクラブに乗り込んできた女性客の夫、私に当たらせてください」

班長は少し考える顔をした。

「駄目だ。別の者を行かせる」

「……私では不満ですか？」

班長はうんざりしたように眉を顰め、別の捜査官に同じ話を繰り返している高島瑛作を見た。

「彼の事情聴取はさせてやったろ」

「それだけでお役御免というわけですか」

「酒臭い奴に任せられるか」

正論ではあるものの、自分の立場を思えば、捜査の中心から爪弾きにされている気がしてならなかった。事件の第一発見者であるにもかかわらず、蚊帳の外に置かれる。

「頭は回ります。ホストクラブのほうは?」

「それも別の者に任せる」

「……では、私は何を?」

「団地の住民への聞き込みだ。野次馬の中にいるだろ。今のうちに話を聞いておけ」

先入観や思い込みは厳禁とはいえ、殺害状況を考えれば、団地の住民から話を聞いても有益な情報は得られないのではないか。おそらく班長はそう考えている。だからこそ、あてがわれたのだ。

田丸は悔しさを嚙み締め、野崎を伴って団地に踏み入った。コンクリートのエントランスに郵便受けが並び、奥に階段がある。片隅にはボックスが置かれていた。チラシの類いが詰め込まれ、あふれそうになっている。

そもそも、源氏名しか分からない状態で団地の住民に聞き込みをして、意味があるのだろうか。もしヨシキに近所の人々との付き合いが全くなかったとしたら――顔すら知られていなかったとしたら――、得られる情報もかぎられてしまう。

田丸はエントランスを見回し、階段前の天井に据え付けられたやけに真新しい監視カメラに目を留めた。

常時録画されているとしたら、役立つかもしれない。

田丸は亀裂が目立つコンクリートの階段を上った。三階の廊下に中年男性の姿があった。一目で寝起きと分かるぼさぼさの黒髪で、ジャージを着ている。彼は廊下の手すりから顔を突き出し、地上の騒動を見下ろしていた。

「あのう、すみません……」田丸は中年男性に話しかけた。「この団地の方ですよね」

中年男性はビクッと肩を震わせてから振り向いた。寝ぼけ眼が見開かれた。

「そ、そうですけど」

「失礼。新宿署の田丸と申します。実はこの団地の方が殺される事件がありまして。団地とビルのあいだで刺殺されていました」

「マジですか……どうりで騒がしいな、と」

「夜中にご迷惑をおかけしています。事が事だけにしばらくは騒々しいと思いますが、ご容赦を」

「いや、まあ、仕方ないでしょうけど、こちとら社畜なんで、睡眠時間は貴重なんですよ」

「申しわけありません。ご迷惑ついでに、二、三、伺っても？」

「……本当に二、三なら」

「ありがとうございます。殺された被害者は、ヨシキという源氏名でホストをされていたんですが、面識はありますか」

「ないですね。そもそも、あまり近所付き合いがないんで。朝から晩まで会社で、時間帯も合わないですしね」

「実は本名がまだ分からず、部屋も特定できていません。店もちょうど閉まってしまったみたいで連絡がつかず……ご存じの方がいれば、と思ったんですが。顔をお見かけしたことは？」

田丸は携帯電話を開き、ヨシキの顔写真データを開いた。画質は悪いが、充分認識できる。

中年男性は携帯を覗き込み、うなった。

「……ああ、そういや、見覚えがある気はします。こんな団地には似つかわしくない格好した若者がいるなあ、って思った記憶があるので。でも、どこの部屋に住んでいるかとか、そういうことは全然。すみません」

「いいえ。では、あまりお時間を取らせても申しわけないので、最後に一つだけ。管理人の方に連絡を取るには、どうすればいいでしょう？」

「管理人ですか？　口うるさいお婆さんですけど、一階の角部屋に住んでますよ」

「そうですか。夜中にどうもありがとうございました」

田丸は引き返し、一階へ降りた。背後から野崎が訊く。

「管理人に会うんですか」

「……どうしましょう。お年寄りなら夜中に起こしてしまうのは気が引けます。さすがに朝まで待たねばならないかもしれませんね」

できるだけ早めに確認したいことがあったのだが――。

角部屋に着くと、ドアが半開きになっていた。室内の明かりが廊下に漏れ出ている。

「ドアが――」

野崎の声には緊張が滲み出ていた。

「ですね」

「開けっ放しは変ですよ」

田丸は角部屋に歩み寄り、ドアの隙間に顔を近づけた。上り框《かまち》に敷かれた玄関マットが目に入る。兎《うさぎ》を象《かたど》ったスリッパが一足、綺麗に揃えてある。花瓶などが割れていることもなく、一見して不審な点は見当たらない。

「どうですか。中を確認しますか」

「そうですねえ……」

田丸は迷いながらドアノブに手を掛けた。そのとき、真後ろから一喝された。

「何してんだい、あんたら！」

振り向くと、廊下の曲がり角に寝間着姿の老女が立っていた。白髪頭にキャップを被っている。

「失礼」野崎が声をかけた。「もしかして、管理人の方ですか」

老女は胡散《うさん》臭げに目を細めたまま、近づいてきた。

「そうだけど、あんたら……警察かい？」

「はい。新宿署の者です。ドアが開いていたので、心配になりまして……」

「ああ」管理人は外のほうを一瞥した。「パトカーがねえ、ふぁんふぁんうるさいもんだから起こされちゃってね。ちょっと様子を見に出たもんだから」

「そうでしたか。開けっ放しは危ないですよ」

「わずかな手当てと年金で暮らしてるこんな婆さんの部屋に盗みに入っても、得なんてないさ」

管理人は自嘲気味につぶやいた。

「空き巣に鉢合わせしたら居直り強盗に早変わりするケースも少なくありませんから」

「……警察ってのは、どうしてこう老人に説教するのが好きなのかねえ」

「いえ、説教ではなく、注意喚起を、と――」

「余計なお世話だよ。だいたいさ、こんなに警察が集まってる団地で空き巣に入る馬鹿がいるのかい。どうなんだい？」

野崎は返事に困っていた。真面目すぎる性格ゆえに、杓子定規《しやくしじようぎ》な発言になってしまっている。

変にこじれても困る。

「おっしゃるとおり」田丸は割って入った。「警察というのは、お節介が大好きなもので、ついつい市民の方にご迷惑をおかけします。申しわけありません」

下手《したて》に出ると、管理人は「ま、いいけどね」とそっぽを向いた。

田丸は管理人の仕事について尋ねた。彼女は面倒臭がりながらも説明してくれた。団地の管理人は、建物に住んでいる者の中から選ばれており、公社から手当てを受け取っているという。公社と居住者の仲立ちだけでなく、様々な届けの確認や配布、共有施設の管理や修繕連絡、団地内の清掃、共益費の集金などが仕事内容だ。

「――もういいかい？」

自分たちがドアの前を塞いでいたことに気づき、田丸は脇へ避《よ》けた。管理人が通り抜けようとしたタイミングで、「もう少し伺いたいことが」と呼びとめた。

管理人が振り返る。

「あたしは何も知らないよ。ずっと寝てたんだからね」

「何があったかはご存じですか」

「知らないね。起きたら建物の前に警察が集まっていてさ。迷惑だから一言言ってやろうと思ったんだけど、何だかそんな雰囲気でもなかったから諦めて戻ってきたんだよ。あんたも警察の人間なら、寝てる年寄りのことも考えろって伝えておくれ。騒音で叩き起こされたら動悸《どうき》がするよ、まったく。心臓麻痺《まひ》を起こしたらどうしてくれるんだい」

「配慮するよう、伝えておきます。実はこの団地の方が殺害されまして……」

管理人が目を剝いた。額に皺が集まる。

「まさか、部屋でかい？　困るよ、そんなの。あたしの団地で醜聞が広まったら迷惑だよ」

あたしの団地――か。

田丸は内心で苦笑した。手当てが与えられている管理人のはずだが、肩書きがあると自分の所有物のように感じるのだろう。

「殺害現場は屋外です。被害者は団地とビルのあいだで倒れていまして。歌舞伎町でホストをされていた方なんですが」

田丸は携帯で写真を見せた。管理人は「ちょっと待っとくれ」と言い残し、部屋に姿を消した。野崎が怪訝そうな顔を向ける。

「何でしょう?」

「おそらく画面が見にくかったのではないでしょうか。野崎さんのスマートフォンに転送しておけばよかったですね」

田丸は画像を選択し、メールに添付して野崎に送った。送信が終わったとき、管理人が戻ってきた。老眼鏡をかけている。

「目が悪くてねえ」管理人は「どれどれ」と携帯に顔を近づけた。ヨシキの顔写真を見て、「あっ!」と声を上げる。「この子、内村佳樹《うちむらよしき》君じゃないの。礼儀正しい子でねえ、集金に行っても丁寧で……」

ヨシキは本名から付けた源氏名だったのか。

「殺されちゃったのかい?」

田丸は神妙な顔を作り、「はい」とうなずいた。「我々は犯人を逮捕するために捜査しています。部屋番号は分かりますか」

「名簿を見なきゃ分からないよ」

「確認していただけますか」

「あたしも犯人は捕まってほしいからねえ」

管理人は再び部屋に姿を消し、二、三分してから戻ってきた。中指の先を舐め、名簿をめくっていく。

「――内村佳樹君は五〇七号室だねえ。あの子、夜のお店で働いていたのかい。言われてみれば、そんな雰囲気あったよねえ」

「日ごろ、内村さんとお話はされていましたか」

「顔を合わせたら挨拶するくらいだったけど、それ自体、あまりなかったからねえ」

「ホールには監視カメラがあったようですが――」

「人聞き悪い。防犯カメラだよ、あれは。去年くらいだったかねえ、空き巣事件があってねえ。設置の要望があったんだよ」

「録画データはどのくらいの期間、残っていますか」

「あたしには小難しいことは分からないよ。設置は公社の人がしてくれて、あたしは機械を受け取っただけだよ」

「確認させていただけますか」

「仕方ないねえ。じゃあ、上がっておくれ」

田丸は「その前に……」と班長に電話を入れた。ヨシキの本名と部屋番号だけ伝える。どうせ部屋の捜査は任されないし、まずは鑑識が優先だ。

管理人が部屋に入ると、田丸は野崎と共に後を追った。「お邪魔します」と中に踏み入る。

色褪《いろあ》せた畳が敷かれた六畳一間だ。ブラウン管のテレビが置かれていそうな雰囲気だったが、もちろんそんなことはなく、ちゃんと液晶の薄型テレビだった。素人の日曜大工を思わせるシンプルな木製テレビボードの中に、レコーダーが収められている。

「これですか?」

尋ねると、管理人は「そうだよ」と関心なさげにレコーダーを引っ張り出した。

「たしか一ヵ月分くらいは記録が残るらしいねえ。それが凄《すご》いのかどうかは分からないけど」

「充分です」

野崎が後ろから訊いた。

「何を調べるんですか?」

防犯カメラをチェックしたかったのは、内村佳樹が開ける郵便受けが分かれば、本名が判明するかもしれないと考えたからだ。だが、管理人から教えてもらえたので、その必要はなくなった。とはいえ、彼が何時に帰宅し、何時に外出したか、把握しておくことは捜査に役立つだろう。

「まあ、見てみましょう」

田丸は管理人からリモコンを受け取ると、ためつすがめつした。多機能すぎたら使い方が分からないかもしれないと心配したが、ボタンは最少限だ。大きめの文字で機能が説明されている。

電源、録画一覧――。

二つのボタンだけで目的の画面が開いた。日付が並んでいる。とりあえず、リアルタイムで録画し続けている今日の分を再生した。深夜〇時だから人の出入りはなく、無味乾燥なコンクリート造りのエントランスの映像が続いている。五倍速にしても変わらず、表示されている時刻だけが高速で変わっていく。

午前一時になると、画面に動きがあった。早送り状態の人がさっと郵便受けを覗き、階段へ消えていく。ほんの二、三秒の出来事だった。

田丸は三十秒ほど巻き戻した。再び人が入ってくるシーンが映し出される。

間違いなく内村佳樹だ。郵便受けをチェックしてから防犯カメラの下を通り、階段へ。早送りすると、五分後に内村佳樹が降りてきた。服装は変わっていない。そのまま建物を出ていく。

おそらく、スマートフォンを忘れていることに気づき、ホストクラブまで取りに戻ろうとしたのだろう。時刻は午前一時七分。スマートフォンを届けに来た高島瑛作が途中で彼に遭遇していないことを考えると、団地を出た直後に殺されたと推測できる。

死亡推定時刻は一時十分前後か。

犯人は通り魔なのか。それとも、内村佳樹に恨みを抱く者が待ち伏せしていたのか。

田丸は映像を早送りしながら思案した。

団地を出たとたん、運悪く通り魔に遭遇する可能性は低いだろう。やはり怨恨説が濃厚だ。

映像の中の時刻が現在に追いつくと、自動的に早送りが停止した。内村佳樹が最後に出ていってからは誰一人出入りしていない。

「収穫はあまりありませんでしたね、田丸さん」

野崎が言った。それは予想済みだったらしく、特に落胆した口ぶりではなかった。

「……そうですね」田丸は答えた。「犯行後、犯人が被害者の部屋に盗みに入るとか、そういう行動をしていれば映っていたでしょうが。一応、他の日の映像も確認してみましょう」

「まだ時間がかかるのかい?」管理人が迷惑そうに言った。「あたしはいい加減、眠いんだけどねえ」

「申しわけありません。もう少しだけお時間をいただきます。データが上書きされてしまったら、何か大事な映像を見損なうかもしれません」

「仕方ないねえ。さっさと頼むよ」

「心得ました」

田丸は前日のデータを再生した。早朝は、新聞配達の若者が郵便受けに新聞を突っ込んでいく。それから、半透明のごみ袋を持った住人たちが出入りするシーンが映っている。取り立てて不審な点は見当たらない。内村佳樹の姿はなかった。仕事柄、この時間帯は寝ているのだろう。

午前八時前後は、スーツ姿の者たちが団地を出ていく。主婦らしき女性たちの姿は、九時ごろに目立ちはじめた。

内村佳樹が映ったのは、午後一時半だった。ジーンズとセーターというシンプルないでたちで外出する。十五分後に帰宅したときはコンビニの買い物袋を提げていた。

歌舞伎町のホストクラブのナンバー2とは思えない生活ぶりだが、高島瑛作が語ったように、本当に後輩たちのために稼ぎの大半を使っていたのだろう。

住民が映り込んだシーンを確認していく。

内村佳樹は夕方になると、ホストらしい服装に着替えて出ていく。それ以前の日に遡っても同様だった。

被害者の生活リズムを知る手掛かりにはなった。

唯一そのリズムに変化があったのは、十一月二十一日だった。朝の九時前に出かけ、帰宅は午後一時半。内村佳樹はホールに入ってくると、郵便受けを開け、中のチラシ類を抜き取り、ぱらぱらと確認してから隅っこのボックスに突っ込んだ。

彼は階段を上りかけ、思い出したように引き返してきた。鞄から茶封筒を取り出してボックスに捨てた後、階段へ消える。

「あのう」田丸は管理人を振り返り、停止した画面に映るボックスを指差した。「これは何ですか。共有のゴミ箱ですか？」

管理人は老眼鏡の位置を調整し、画面を覗き込んだ。

「ああ、それは『チラシ回収ボックス』だねえ。不要なチラシをすぐに処分できるように置いてあるんだよ」

「ふむ、なるほど。住民の方々は重宝しそうですね。団地だと特に不要なチラシが大量に突っ込まれるでしょうから」

「チラシ禁止の貼り紙をしても効果がないからねえ。警察のほうから注意してくれないかい？」

「ポスティング行為はグレーなので、難しいんです」

「横文字は分からないよ」

「すみません。チラシを投函する行為は必ずしも違法とは言えず、警察としても取り締まれないんです」

「そうなのかい。役に立たないねえ」

「すみません」田丸は再び謝ってから訊いた。「ところで、『チラシ回収ボックス』に個人的な郵便物を捨てることは？」

「個人的って――どういうものだい？」

「自分宛の手紙とか、速達とか」

「さあねえ。捨てる人もいるかもしんないけど、一応、共有物だからねえ、『チラシ回収ボックス』は。他人に漁《あさ》られたら嫌だろうし、私物はあんまり捨てないんじゃないかねえ」

言われてみれば、普通は心理的に抵抗があるだろう。駅のゴミ箱に私物の手紙は捨てない。内村佳樹が鞄から取り出して捨てたのは、街中で押しつけられる不要な広告の類いなのだろうか。

だが、映像を見るかぎり、割としっかりした造りの封筒を捨てているように見える。何かが引っかかった。

「『チラシ回収ボックス』に溜まったチラシはどの程度の頻度で処分しているんですか」

「……一ヵ月くらいかねえ。毎日毎日、捨てさせられたらたまったもんじゃないから、大きなものを置いたんだよ」

野崎が「何か気になりますか?」と訊いた。

「どの情報に意味があるかは私に決められません。情報は何でも集めておくことが大事だと思っています。偏見や先入観があると、肝心な手がかりを見落とす可能性がありますから」

田丸は管理人に礼を言うと、ゴミ袋を貰って部屋を出た。エントランスに行き、チラシで満杯の『チラシ回収ボックス』を見る。

ゴミ袋の口を開き、ボックスからチラシを取り上げては移していく。個人的な郵便物は見当たらない。やはり、邪魔で不要な広告などを捨てるために利用されているのだ。

「田丸さん……」

野崎は何かを言いかけてやめた。呑み込んだ台詞は想像がつく。

ゴミ漁りしていると、ときおり、警察がなかなか立ち去らないことを気にした住民が階段から降りてきて、不審者を見る目で一瞥しては戻っていく。

――みっともないですよ。

あるいは、

――悪目立ちしますよ。

野崎はそんなふうに言いかけたのだと思う。だが、刑事は事件解決のためならどぶの中でも這い回るもので、体裁を気にしていたら犯人は捕まえられない。

野崎としては、そのような捜査は現場の制服警察官に任せるもの、という思いがあるのかもしれない。生真面目すぎるゆえに、汚れ仕事を躊躇するのだろう。

田丸は他人の視線は気にせず、黙々と作業を続けた。捨てられたチラシを確認してはゴミ袋に移していく。内村佳樹の名前を見つけたのは二十分以上が経ってからだった。

茶封筒には『東京地方裁判所』の文字が印刷されている。

横から覗き込んだ野崎がつぶやく。

「それって――」

田丸は中身を抜き出した。

『裁判員等選任手続期日のお知らせ（呼出状）　当裁判所で審理を行う刑事事件について、裁判員（及び補充裁判員）を選任する手続を行いますので、11月21日午前9時45分に当裁判所裁判員候補者室までお越しください。なお、あなたが裁判員（又は補充裁判員）に選任された場合には、11月21日から翌年2月9日までの間、裁判員（又は補充裁判員）として参加していただくことが予定されています』

「裁判員裁判の呼出状のようですね」田丸は答えた。

普段と違う生活サイクルの理由は、選任手続のために裁判所へ出向いたからか。

「裁判員だったんですか？」野崎が訊いた。

「選任手続の呼出状なので、そうではなかったようです」

「選ばれたかもしれませんね」

「いえ、それはないでしょう。裁判が行われているはずの時間帯、内村佳樹さんは外出していませんから、裁判員には選ばれなかったようです」

田丸は改めて文書に目を通した。

審理期間約八十日――。

『新宿ブラック企業爆破事件』だ。

内村佳樹は『新宿ブラック企業爆破事件』の裁判員候補者に選ばれ、落選していたのか。

デジャブ――。

磯山ゆう子と同じだ。公園で絞殺された彼女も『新宿ブラック企業爆破事件』の裁判員候補者で、落選者だった。

果たしてこれは偶然なのか？

10

団地を出ると、夜空が白みはじめていた。ほとんどが闇に塗り込められていた建物の窓ガラスも、今やぽつぽつと灯っている。防犯カメラと『チラシ回収ボックス』のチェックに思いのほか時間がかかってしまった。

田丸は、現場で報告を受けている班長に歩み寄った。『何か用か？』という目を向けられる。

「少し気になることがありまして……」

話しかけると、班長は制服警察官の報告を手のひらで制止した。

「何だ？」

「今回の被害者も裁判員裁判の〝落選者〟でした」

「も？」

「はい。実は百人町の公園で殺害されたあの磯山ゆう子さんも同じだったんです。共通点です」

「だから何だ。被害者が二人とも運転免許証を持っているとか、二人とも違反切符を切られた過去があるとか、そんなものは共通点とは言えない」

「揃って裁判員落選者だった——。偶然でしょうか？」

「裁判員裁判の通知が全国でどれだけの人数に送られていると思ってる」

「私は正確なデータは持ち合わせていませんが、相当な人数だと思います」

「だったら、特に珍しくもないだろう」

「しかし、二人が裁判員候補として選ばれたのは同じ事件で、あの『新宿ブラック企業爆破事件』です」

「……あの？」

班長は目を細めた。

「はい。現在、審理の真っ最中です。被告人は無罪を主張して争っていたと思います」

「二人が『新宿ブラック企業爆破事件』の裁判員候補者だった……」

「そうです。気になりませんか？」

班長は難問を前にした数学者のような顔でうなり、野崎を見た。

「お前も同意見か？」

野崎は当惑を滲ませ、言いよどんだ。

「僕も今話を聞いたばかりで……」

「どう思った？」

「……たしかに磯山ゆう子は裁判員候補に選ばれていました。聞き込みによると、落選したことを残念がっていたようです」

「自分の手で犯人に罰を与えたいタイプなのか？」

「いえ。裁判員に選ばれたら合法的に会社を休めて、面倒な残業から解放されると考えていたようです」

「そうか。で、野崎の意見は？」

野崎は班長の顔色を窺うように間を置いた。

「偶然――だと思います」

「根拠は？」

「……裁判員が狙われるなら理解はできます。過去には、暴力団絡みの裁判員裁判で、被告人の関係者らしき人物に裁判員が脅迫されたことがありました。しかし、僕が知るかぎり、裁判員に直接危害が加えられたケースはありません。ましてや、裁判員の落選者が狙われるなんて聞いたことがありません。道理も通りません。全く無意味なことです」

「そうだな。俺もそう思う。田丸、異論は？」

班長の一睨みが向けられた。

「……ありません」

そう答えるしかなかった。

野崎の論理は至極もっともだ。当然ながら裁判員の落選者は裁判に関わることができず、そもそも狙われる理由がない。

班長は呆れたようにため息をついた。

「異端を気取って引っ掻き回すな」

「そんなつもりはありません。まだ明快な動機は語れませんが、無視もし難いと思います。立て続けに殺人が起き、二人とも同じ事件の裁判員候補者だった――」

「殺害の手口が違う。磯山ゆう子の事件は絞殺で、こっちは刺殺だ。連続殺人の場合、同一の手口で犯行に及ぶケースがほとんどだ。連続殺人犯は成功体験があればそれを繰り返すものだし、あるいは、行為そのものに意味があったりする」

「繋がりを隠すために手口を変えたのかもしれません」

「殺人のたび、初心者に戻るんだぞ。失敗のリスクが高まるし、犯人としては抵抗があるはずだ」

班長の言い分は分かる。

だが――。

どうしても気になるのだ。

刑事として数日間で関わった二人の被害者が共に『新宿ブラック企業爆破事件』の裁判員候補者だった。二人が選任手続で落選しているからおかしいのであって、もし裁判員に選ばれていたら立派な共通点になっただろう。

「班長はどのような筋読みを？」

難しい顔を崩さない班長は、現場で動き回る警察官や野次馬たちを見回した。

「現状では何とも言えない。見込み捜査になる」

あらゆる可能性を排除せず、物証を重視するのが班長だった。物証がなければ状況証拠を積み上げていく。

現段階では、班長を説得できない。何しろ、自分すら説得できていないのだから。

田丸は明け方の空を仰ぎ見た。

11

事件発生の翌日、捜査本部が設置された。

生活安全課の署員が『歌舞伎町ホスト殺人事件』と毛筆で書かれた戒名を会議室の入り口に貼り、室内で椅子や机を並べている。一人がホワイトボードを倒しそうになり、

「気をつけろ！」と叱責が飛んだ。

準備が終わってしばらくしたころ、本庁の捜査一課の捜査官たちが現れた。エリートの中のエリートたちは、ホイッスルを待つアスリートのような顔つきをしている。

田丸は廊下の端へ避け、道を譲った。本庁の捜査官たちが会議室へ入っていく。

「よう」

集団から抜け出して手を挙げたのは、神無木だった。相変わらず、天然パーマを整髪料で撫でつけ、本庁の他の捜査官とは違って人懐こそうな笑みを浮かべている。

「残念ながら早い再会だったな」

表情を見れば、嫌味ではなく、続けざまに帳場が立つ事件が発生したことを憂えているのだと分かる。

「……今回の事件は長引きそうです」

「直感か？」

「はい」

「そうか」神無木はうんざりした顔を見せた。「……嫌だな。そういう勘ってのは、案外当たるもんだしな」

「当たらないことを願っています」

「ああ。またよろしくな」

「……今回も神無木さんが？」

「仲良くやれ、とさ」

彼に迷惑をかけることにならなければいいが――。

「さ、行こうぜ」

田丸は神無木に促され、会議室に入った。入り口に立っている班長と目が合った。彼は、余計な発言をするなよ、と目で命じていた。

田丸は黙ってうなずき、班長の前を通り過ぎた。

連続殺人説――。

今の時点では思いつきを膨らませた妄想にすぎない。班長すら説得できない状況では、捜査会議で発言しても一笑に付されるだけだろう。

田丸は席に着いた。

捜査会議がはじまると、事件の概要から説明された。

「第一発見者は所轄の捜査官だということだが――?」

指揮を執る本庁の管理官――階級は警視だ――が面々を見渡した。

斜め前に座る班長の一瞥が向けられ、田丸は立ち上がった。

「私です」

皮肉が飛んでくるかと思ったが、管理官はただ渋面でうなずいただけだった。

田丸は被害者を発見した経緯を報告した。出しゃばって自分の意見を口にしたりはせず、事実を重視した。

管理官が次の捜査官に水を向ける。

「問題の不動産屋社長は?」

不動産屋の社長は事件の前日、『モナ・リザ』に怒鳴り込み、大騒動を起こしている。

現時点では最重要被疑者だろう。

「はい」新宿署の捜査官が立ち上がる。「話を聞いたところ、事件当夜も妻が不在で、『モナ・リザ』へ向かったそうです。性懲りもなくホストに入れ込んでいるから許せなかった、と言っています。しかし、犯行は否認しています」

「アリバイは？」

「確認できませんでした。『モナ・リザ』のスタッフによると、事件当日、またしても店に乗り込んできたので、入店を拒否して、追い返したそうです。妻を出せ、と息巻いていたとか」

「妻の和子からは話を聞いたのか？」

「はい。事件当夜も『モナ・リザ』に遊びに来ていました」

「立て続けに夜遊びか？」

「前日に店に乗り込まれて大恥を掻いたので、夫に対する当てつけのつもりだったそうです。あえて挑発的な書き置きを残したと話しています」

「被害者の死については？　指名しているホストだったんだから、何か思うところがあったはずだ」

「ずいぶん取り乱しており、話を聞くのは大変でした」

「和子が犯行に及んだ可能性は？」

「彼女によると、閉店の三十分前に『モナ・リザ』を出たそうです。それは店のスタッフも証言しており、間違いないと思われます。しかし、その後の足取りははっきりしません」

「他の女性客とボトルを競い合っていたとのことだが――?」

「はい。負けず嫌いな性格のようで、被害者を巡って風俗嬢の若い女性と争っていました。事件当夜は先に予算が尽き、仕方なく帰るはめになったそうで」

「女性客同士の嫉妬が動機になった可能性は? 一方が被害者と肉体関係に発展していたら、裏切られた思いを抱くだろう」

「まだ何とも言えません。二人とも、被害者と深い関係にはなっていない、と証言しています。もちろん、証明はできませんから、嘘をついている可能性もあります」

「被害者は職業柄、逆恨みをされることもあっただろう。嫉妬や怨恨絡みの線が濃い。引き続き、聞き込みを続けてくれ」

管理官は捜査官たちに順番に指示していく。命じられた者が威勢よく「はい!」と応える。

「神無木、田丸。お前たちは団地で聞き込みだ」

団地か。

時間帯を考えれば目撃者がいるとは思えない。近所トラブルが原因の可能性は極めて低く、相変わらず主戦力とみなされていないのが分かる。

捜査会議が終わると、神無木が寄ってきた。

「だとさ」

「はい」田丸はうなずいた。「……行きましょうか」

歩き出そうとすると、神無木は立ち止まったままだった。

「どうしました？」

「……何か気になることでもあるのか？」

「なぜそう思います？」

「そんな顔してる」

「……分かるんですか？」

「ま、長い付き合いだしな」

田丸は苦笑した。

見抜かれるとは思わなかった。被害者二人が裁判員落選者だったことを神無木に話すべきかどうか。二人の殺され方は絞殺と刺殺で、手口が違う。連続殺人である確証はない。

「何だ？」

「いえ」

「隠し事はなしにしようや。相棒だろ」

相棒——か。

今の自分と組んでそんなふうに言ってくれるのは、神無木だけだろう。だからこそ、巻き込んでしまったら申しわけない。もし連続殺人の可能性を疑い、突っ走った結果、違ったら？　今度こそ神無木は〝窓際〟に追いやられる。

「何でもありません。忘れてください」

「それはないだろ。思うことがあるなら言ってくれ」

神無木は真っすぐな眼差しをしていた。誰に対しても気さくな性格をしているものの、彼には頑固なところがあり、こうと決めたら絶対に譲らない。

去年の連続殺人事件のときは、それで対立した。真犯人《ホンボシ》がいる説を否定され、単独捜査をした。結果的には独断の暴走ということで神無木を巻き込まずにすみ、ほっとしている。

「で、何だ？」

神無木は問うたまま黙り込んだ。

後は話してくれるのを待つ、ということか。たぶん、語らなかったら信用を失ってしまう。この先、ぎくしゃくしたまま捜査することになるだろう。

田丸は諦め、深呼吸した。

「……実は気になっていることがありまして」

神無木が無言でうなずく。

「この事件は別の事件と繋がっている予感がするんです。そうであれば、管内で続けて殺人事件が起きた理由も納得できます」

田丸は磯山ゆう子の事件を語り、共通点を伝えた。神無木は笑い飛ばしたりはしなかった。

「気になるな」

「……本気でそう思っていますか？」

神無木は慎重な口ぶりで答えた。

「偶然で片付けるには、ちょっと引っかかるだろ。他には誰に話した？」

「班長に」

「何て？」

「根拠薄弱を指摘され、反論できませんでした。裁判員の落選者をわざわざ狙う動機は考えにくいですし、手口も一致しません。それは失敗のリスクを高めるだけだ、と」

「そのリスクを背負ってでも連続殺人であることを隠したかったとしたら、可能性はゼロじゃない」

「はい」

「もしそうだとしたら――」神無木の顔の緊張の度合いが増した。「分かってるだろ？」

田丸は唾を飲み込み、答えた。

「……殺人が続く、ということです」

12

犯人はなぜ連続殺人であることを隠そうとしたか。目的完遂のためだ。被害者の共通点を知られたら犯行が難しくなるから、別々の事件に見せているのだ。

では、狙われるのはまた裁判員落選者なのか？ 分からない。実は別の共通点があるのか？ たとえば、選任手続に出向いた市民たちがその道中で狙われる理由を作ってしまったとか。

何にしても、捜査本部を動かすには根拠が足りない。

「どうする？」

神無木が訊いた。

田丸は後頭部をがりがりと掻いた。

「……言いにくいのですが、『新宿ブラック企業爆破事件』の傍聴に行きたいと思っています」

「傍聴って――団地の聞き込みは？」

「もちろんしますが、審理が開かれている時間はかぎられていますし、傍聴に行こうと思えば後回しにするしかありません」

神無木が顔を顰めた。

「捜査本部に盾突くのか？　また」

「あなたが反対なら諦めます。私も自分の勘に絶対の自信を持っているわけではありませんし、これ以上、迷惑はかけられません」

神無木は腕組みをすると、退室していく上層部の人間たちを遠目に眺めた。鼻から息を抜き、向き直る。

「……分かった。一度、傍聴に行ってみよう」

田丸はまじまじと彼の顔を見返した。

「本気──ですか」

「本気だ」

「上に知られたら大変なことになりますよ」

「知られなきゃいい」

「しかし──」

「合理的判断だよ。住民の不在が多い真っ昼間に聞き込みしても、収穫は少ないだろ。効率よく行動しよう」

神無木の決意は固いようだった。

「……分かりました。行きましょう」

『新宿ブラック企業爆破事件』の審理は、平日の四日間、行われている。傍聴すれば、何か今回の殺人に関する手がかりを得られるだろうか。

正直、分からない。事件そのものに意味があるのか、それとも別の何かなのか、あるいは、連続殺人説が思い込みの産物なのか。

田丸は神無木と一緒に新宿署を出た。暖かみを感じさせない朝の太陽の下、身を切る寒風が吹き抜けていく。

覆面パトカーで霞《かすみ》が関《せき》に向かった。

田丸は車を運転しながら神無木に訊いた。

「あのう、『新宿ブラック企業爆破事件』について教えていただけませんか」

『新宿ブラック企業爆破事件』は管内で発生した事件だから新宿署が捜査し、当時は〝エース〟の一班が担当していた。三班は別の事件を追っていたから、知っている情報はかぎられている。だが、神無木は違う。捜査本部が設置されたため、本庁の捜査官として捜査に加わっていた。

「……発端は、ネット上で炎上した企業や店が次々と狙われたことだった。それは知ってるな？」

「はい」

経営者がバイトにパワハラをしたとして炎上した飲食店、カメラマンが新人女優にセクハラしたとして炎上した中小出版社、差別的なＣＭを作ったとして炎上した広告代理店、幹部の盗撮事件で炎上したＩＴ企業――。

「そのときは怪我人は出ていなかったんでしたよね」

「ああ。建物の裏とか、目立たないところに爆弾入りの段ボール箱が置かれていて、爆発した」

最初は単なる『爆発音事件』として報じられていたものの、メディアと繋がりが深い広告代理店が標的になった直後から、『テロ』として苛烈《かれつ》に報道されるようになった。だが、マスコミの糾弾に反し、ネット上では犯人を英雄視する書き込みも少なくなく、いつしか『炎上仕置き人』と呼ばれるようになった。

「だが、過労死問題で騒がれた『ビューティー・ネロ』の件では、四人の死者を出す大事件に発展した」

「逮捕されたのは配送会社の配達員でしたよね」

「目撃証言や付近の防犯カメラの映像から浮上した。配達員の制服を着た人間が会社の入り口に荷物を置いていたんだ」

「特定はすぐに?」

「現場のそばの通りに停車していた配送会社のトラックが判明すれば、あっという間だった。配達員ならどこへでも移動しやすいし、荷物を抱えていても怪しまれない」

「……疑問は出なかったんですか」

「何の?」

「過去の爆発事件では、犯人の目撃証言は出ていません。しかし、『ビューティー・ネロ』の事件では、複数人に目撃されたうえ、防犯カメラにも映っています。不自然だと思いませんでしたか」

横目で窺うと、神無木は難しい顔を向けていた。

「冤罪を疑っているのか?」

「捜査に関わっていない私には何とも。ただの疑問です」

「……正直言えば、異論は出た。今回の犯行はあまりに杜撰《ずさん》じゃないか、って」

「だったら――」

「どっかの間抜けがお漏らしした せいだ」

「メディアへのリーク、ですか」

記憶をたどると、当時はたしかにマスコミが過熱していた。配達員を疑っている、と漏らした警察関係者がいたのか。

記者たちは記者クラブ向けに出される〝公的な捜査情報〟とは違う特ダネを摑むため、あの手この手で警察関係者に寄ってくる。ヒーローとして祭り上げられたときの自分がまさにそうで、キャリア批判、警察組織批判に繋げたい連中が大勢群がってきた。

捜査官が情報をリークする理由は様々だ。メディアに躍る情報をコントロールするためだったり、許しがたい犯人に社会的制裁を加えるためだったり、長年の信頼関係がある記者への手土産《てみやげ》だったり、手柄を欲する美人記者の色仕掛けに負けたり――。

大事件だったから、逮捕前の被疑者の情報は特ダネになった。ワイドショーが大々的に報じ、数社が後追いした。こうなると、警察は世論に追い立てられて慎重な捜査ができなくなる。

「……あのときと同じですね」

神無木は沈黙で答えた。

一年前の連続殺人事件でも、犯人を逮捕できない警察にマスコミの批判が向き、世間に責め立てられた結果、一刻も早く解決しなければと焦って誤認逮捕に繋がった。

「当時の本庁の空気はどうでした？」

「当然、焦りがあったよ。上からは毎日のように怒号が飛んだ。なんせ、マスコミは当の配達員に突撃取材した映像をモザイクで流したり、犯人だと信じ込む世論を作り上げていたからな。犯人が分かっているのに野放しにしている警察――なんて目で見られてた」

「で、配達員を逮捕したわけですか。たしか名前は――」

「貝塚忠《かいづかただし》」

「そうそう、そんな名前でしたね」

「俺たちは逮捕し、三週間かけて落とした」

「最初は否認していたんでしょう？」

「ああ」

「言い分は？」

神無木は躊躇を見せた。

赤信号でちらっと見やると、彼は下唇を嚙んでいた。青信号に変わると、田丸はアクセルを踏んだ。

「……建物の脇に置いてあった荷物を運んだだけだ、爆弾とは知らなかった、と」

「なぜそんなことを？」

「通行人の中年男からちゃんと運べと怒鳴られて、いやいや運んだらしい。宛先が書かれていなかったから、一番近くの会社の入り口に放置して立ち去った、と」

「信憑性は感じられましたか」

「俺が取り調べを担当したわけじゃない」

「……取調官の心証はどうだったんでしょう」

神無木はため息を漏らした。

「正直、動揺が広がっていたよ。貝塚の言い分は一貫していたし、筋が通ると言えば通る」

「しかし、追及は続けた――」

「引き下がれなかったというのもある。逮捕を機にマスコミの報道合戦がはじまっていたしな。貝塚の顔写真や動画は連日テレビで流れてたし、友人や知人への突撃インタビューや、卒業文集の公開――」

「もし誤認逮捕だと分かれば、マスコミの矛先が警察に向く、ということですね」

犯人として晒し者にした手前、無実の市民だったら取り返しがつかない。自分たちの過ちを棚に上げ、マスコミ批判が巻き起こる前に警察に責任転嫁するだろう。国家権力を悪として非難すれば、加害者側だった人間も被害者に成り代わる。

有罪判決が出るまでは無実——という大原則は、しょせん、絵空事にすぎない。人は誰しも、逮捕された時点で犯人だと思い込む。冤罪の可能性など疑わない。

もっとも、だからこそ警察には慎重な捜査が求められている。世間の大勢が有罪だと信じ込んでいる人間を逮捕せずにいると、怠慢だとそしりを受けるが——著名人もテレビやネットですぐ怒りの声を上げる——、『逮捕＝有罪』という方程式が成り立つ現実の前では、勇み足にならないよう注意しなくてはならない。

冤罪事件は、警察、マスコミ、世間、そして、報道を鵜呑みにして疑惑段階で有罪視してネット上で批判と怒りの声を上げる人々——。全員の思い込みで作り出す大罪だと思っている。

「逮捕された犯人ってのは、えてして言い逃れするもんだろ。あの手この手を用いる。調べようがない嘘を堂々とつけば、まるで真実のように聞こえるし、事実の中に一部だけ嘘を紛れ込ませたら、信憑性が生まれる」

「貝塚さんの証言の裏取りはしたんですか？」

「した。だが、目撃者は出てこなかった。貝塚を怒鳴りつけたという中年男も見つからなかった」

「彼に爆弾の製造能力は？」

「今時はネットを見たら何でも分かる」

当時の警察はどこまで本気で捜査したのだろう。目撃者や当事者を見つけてしまったら、誤認逮捕で警察が叩かれるのだ。

何にせよ、貝塚は自白した。凄烈《せいれつ》な取り調べだったことは想像に難くない。

果たして『新宿ブラック企業爆破事件』は冤罪なのか、それとも――。

東京地方裁判所に着くと、金属探知機による所持品検査を受けた後、開廷表を確認した。裁判所の中を歩き、問題の法廷の『傍聴人入口』と書かれたドアを開けた。

大事件なので満席の可能性も想定していたが、審理がはじまってから二週間以上経っているせいか、数人の関係者と記者が座っているだけだった。

田丸は神無木とうなずき合い、最後列の椅子に腰掛けた。裁判員裁判の傍聴は初体験だ。従来の裁判に比べると雰囲気が違った。裁判所独特の、あの立ち入りがたい厳粛な空気を六人の裁判員の存在が薄めている。

黒羽二重の法服を着た裁判官の隣に、赤と黒のチェックのセーターの青年や、ワンピースの女性が座っている光景は、やはりちぐはぐな印象だった。

田丸は改めて法廷内を観察した。

法壇が扇状に設《しつら》えられており、裁判長、右陪席裁判官、左陪席裁判官が法廷を見回していた。その左右には三人ずつ裁判員が座っている。後ろに補充裁判員たち。壇上には小型モニターがあり、側面の壁には大型ディスプレイが据えられている。一段低い机には書記官、速記官が座っていた。両側には向かい合う形で検察官席、弁護人席がある。

「証人は証言台へ」

促されて席に着いたのは、グレーのスカートスーツに身を包んだロングヘアの女性だった。

裁判長が彼女に人定尋問をした。証人の氏名や住所、年齢、職業に間違いがないか確認する手続だ。それによると、証人は樋川美由紀《ひかわみゆき》、二十八歳、爆破された『ビューティー・ネロ』に勤務している。

樋川美由紀が宣誓書を読み上げた。

「良心に従って真実を述べ、何事も隠さず、偽りを述べないことを誓います」

「記憶に反することを述べると、偽証罪に問われます。いいですね」裁判長は検察官席を見やった。「では主尋問をどうぞ」

証人尋問がはじまった。

13

検察官が立ち上がり、グレーの背広の襟元を正した。四十代後半だろうか、黒い短髪に若干白髪が交じっている。経験豊富そうな、堂々たる顔つきだ。

「では、質問します」

樋川美由紀は緊張した声で「はい」と答えた。

「事件があった日、あなたは出社しましたね」

「はい」

「目の前で大爆発が起き、九死に一生を得たそうですね」

「そうなんです。当日は人身事故があって電車が遅れて……出社が少し遅れたんです。もし普段どおり出社していたら、私は爆発に巻き込まれて死んでいたかもしれません」

「不幸中の幸いでしたね。恐ろしかったでしょう」

「もうパニックでした」

検察官は同情するようにうなずき、リモコンを取り上げた。

「恐ろしい記憶を思い出させてしまうかもしれませんが、どうか大事な確認のために我慢してください」

樋川美由紀の肩がこわばる。

検察官はリモコンを操作した。モニターに動画が再生される。映像のブレや音声の粗さからすると、爆発現場に居合わせた一般人が撮影した映像だろう。

ガラスが散乱した道路、停車した車、ビルから吐き出される紅蓮《ぐれん》の炎と黒煙、人々の怒号と悲鳴、遠方から聞こえてくるサイレン——。

裁判員たちは、法壇に据えつけられたモニターを凝視していた。同じ動画が映っているのだろう。一様に悲痛を嚙み締めるような顔をしていた。

女性の一人は、弁護人の隣に座っている被告人、貝塚忠を一睨みした。このような大惨事を引き起こした〝犯人〟を憎悪する眼差しだった。

検察官は映像を停止し、樋川美由紀に質問した。

「この中にあなたはいますか？」

彼女は映像をじっと見つめ、答えた。

「画面の右端の赤い服を着ているのが私です」

「ありがとうございます。まさに現場に居合わせたわけですね」

「はい」

彼女がその場にいたことを確認するため、という建前で、実は裁判員たちに悲惨な現場を見せたかったのではないか。映像のインパクトは大きく、生々しいから、目にした全員に厳罰指向が生まれる。おそらく裁判員裁判用の法廷戦術だろう。

聞いた話によると、裁判員制度の導入が決まってからの検察官は、映像を巧妙に使って裁判員を〝説得〟する技術を学んでいるという。法律を知らないような一般市民の意見に判決が左右される以上、書面を重視した従来の裁判のやり方では、勝つのが難しいからだ。

逆に言えば、映像を切り貼りしてずる賢く利用した者が有利になる、ということだ。

「現場に居合わせたとき、どんなお気持ちでしたか」

樋川美由紀は停止したモニターの映像をしばらく見つめ、耐えかねたように顔を背けた。

「ただただ恐ろしかったです。この平和な日本で、こんな欧米のテロみたいなことが起こるなんて、現実とは思えませんでした。パニックになって、怖くて、何かしなきゃって思ったんですけど、動けなくて……」

「優しいですね。あなたが罪の意識を感じる必要はありません。二度目の爆発が起きた可能性もあるのですから、あなたが新たな被害者となったかもしれません」

彼女はその光景を想像したのか、身震いした。

検察官は厳《いか》めしい表情を若干和らげ、同情するように二度うなずいた。

「まさに事件があった時間帯、現場にいたわけですが、その直前、何か不審なものを見たりはしていませんか？」

樋川美由紀の肩にまた力が入ったのが見て取れた。

「慌てて逃げていく配送トラックを見ました」

「異議あり」弁護人が手を挙げた。検察官より一回り若そうだ。意志的な眼差しが印象深く、端整な顔立ちで、サッカー選手のように均整のとれた肉体をスーツにおさめている。「〝慌てて逃げていく〟というのは、全く根拠のない個人の決めつけです」

「いいえ」検察官が反論した。「証人の印象に基づいた貴重な証言です」

「記事で印象操作したいジャーナリストがよく使う手法です。何も問題がない発言に、わざわざ『と弁解した』『と挑発した』『と他人事のような口ぶり』などなど、〝主観的で一方的な感想〟を付け加えることにより、悪印象を植えつけるわけです。それは正確ではありません。時間が押していたので、貝塚さんは次の配送先へ向かったにすぎません」

「静粛に」裁判長が言った。「二人で議論しないように」

検察官と弁護人が揃って「すみません」と頭を下げる。

過去に傍聴してきた裁判ではありえない光景だった。通常はもっと淡々と進行する。

弁護人は饒舌《じょうぜつ》に持論をぶったが、おそらく裁判員に聞かせる意味があったのだ。

「異議を認める」裁判長が言った。「証人は主観を交えず、事実のみを答えるように」

樋川美由紀は肩を縮こまらせ、「はい」とうなずいた。「南へ向かう配送トラックを見ました」

検察官が言った。

「質問を続けます。配送会社は分かりますか」

樋川美由紀は貝塚が勤めていた配送会社――報道によると、彼は事件後に解雇されている――の名前を答えた。

「以上で主尋問を終わります」

検察官が席に着くと、裁判長が弁護人席を見た。

「では弁護人、反対尋問を」

「はい」弁護人が立ち上がる。「樋川さん、恐ろしい事件を目の当たりにし、さぞ怖かっただろうと思います」

樋川美由紀は身構えていた。

「つらいことを思い出していただく時間はなるべく短くしますので、どうかよろしくお願いします」

「……はい」

反対尋問をしやすくするため、弁護人は敵ではないと理解してもらおうとしているのか、純粋な気遣いか。

「では、樋川さんにお聞きします。今日、法廷にはどのような移動手段で来られましたか？」

「え？」

「電車とか車とかタクシーとか」

「……電車ですけど」

「最寄駅までは徒歩で？」

「はい」

「何分ほど歩きますか」

「十五分くらいです」

「車が行き来する道路も通りますか？」

「……通りますけど、それが何か？」

「異議あり」検察官が挙手した。「裁判長、一連の質問は本件に関係がありません。反対尋問は主尋問でされた事柄について行うという規則があります。趣旨が曖昧な尋問はいたずらに裁判を長引かせます。裁判員の負担になるでしょう」

従来の裁判をそれなりに傍聴してきた経験上、公正な裁判官は反対尋問に忍耐強く付き合っていた気がする。たとえ尋問の目的が不明であろうとも、水掛け論が続こうとも、漫然と無駄と思える質問が続こうとも、成功したら真実や証人の信用性を明らかにできるから、大目に見ていたのだろう。しかし、仕事を休んで来ている裁判員はそれほど我慢強くない。

検察官は裁判員を気遣っているように見せ、弁護人の質問攻めを牽制したのだ。

「弁護人、意見は？」

裁判長に訊かれると、弁護人は苦笑いした。

「証人の緊張を解《ほぐ》そうと思いまして」

「……あまり関係のない質問をしないように」

「すみません」弁護人は樋川美由紀に向き直った。「質問を続けます。今日、法廷に来るまでに目撃した配送トラックはありますか？」

「え？」彼女の声に困惑が表れた。「質問の意味がよく分からないのですが……」

「移動中、数え切れないほどの車を目にしたと思うのですが、配送トラックは目撃しましたか？」

「……分かりません。通ったかもしれませんし、通っていないかもしれません。配送トラックなんて別に珍しくないので、いちいち覚えていません」

やり手だ、と思った。彼女は弁護人の巧妙な尋問技術に嵌められたことに気づいていなかった。

「そうですね」弁護人は勝ち誇るでもなく、冷静な口調で言った。「おっしゃるとおり、配送トラックは世の中にあふれています。わざわざ意識して記憶している人は少ないでしょう。しかし、あなたは事件当日、走っていく配送トラックがあったと記憶しています。しかも、配送会社の名前まで」

樋川美由紀は動揺を見せた。

「そ、それは――爆発現場から去っていく怪しい車だったので、記憶に残っていたんです」

「貝塚さんは爆発の前に現場を去っています。あなたが目撃したとしたら、事件発生の前しかありませんが、特別な理由もなく、配送トラックの存在を記憶していたんですか？　遅刻しそうで慌てていたにもかかわらず」

樋川美由紀は絶句した。

弁解の言葉を見つけられず、逃げ道を探すように検察官のほうを見た。だが、助け船の異議などはなく、彼女は肩を落とした。

「配送会社の配達員が容疑者になっている、と警察から聞かされ、目撃していないのに目撃したことにしたのでは？」

　彼女は何も答えられない。これで裁判員は証言の信憑性を疑ったのではないか。

「貝塚さんの配送トラックは目撃していない、ということでよろしいですか？」

　樋川美由紀は追い詰められた小動物のように身を小さくした。弁護人が表情を和らげる。

「誰にでも記憶違いはあります。事件後に見聞きしたテレビや新聞の内容で、見ていないものを見たと思い込んでしまったり、聞いていないものを聞いたと思い込んでしまったり。目撃証言が必ずしも正確でないことは、今や常識です。あなたもうっかり勘違いしてしまったんですよね？」

　弁護人は巧妙だった。逃げ道がないように論理の壁を作っていき、追いつめておきながら、自ら抜け穴を提示した。

　樋川美由紀は救われたように答えた。

「そうなんです。たぶん、ニュースを観て、配送トラックを目撃した気がしていたんだと思います。すみません」

　実際は、事情聴取の際に吹き込まれた可能性もある。残念ながら、そういう誘導は頻繁に行われている。だが、証明は困難だからだろう、弁護人は彼女の否定を引き出すだけで充分だと考えたらしかった。

「以上で反対尋問を終わります」

弁護人が言うと、裁判長は黙諾で応えた。両側に陣取る裁判員たちを見る。

「何か質問がある方は？」

裁判員裁判では、裁判員にも質問の機会を設けている。それに対する受け答えで心証を左右するケースは決して少なくないだろう。

手を挙げたのは、四十代前後の男だった。神経質な研究者をイメージさせる相貌だ。

「六番の方、どうぞ」

裁判員は名前では呼ばれない。個人情報が漏れれば、危険が及ぶ可能性もゼロではないからだ。

六番の裁判員は、証人を見た。

「配送トラックを目撃してはいないって話でしたけど、それは配送トラックが現場から慌てて逃げ去った可能性を否定したわけではないですよね？」

樋川美由紀が小首を傾げた。

「つまり――あなたが目撃していないだけで、配送トラックが慌てて逃げ去った可能性はあるということですよね？」

「ええと……はい、私が見ていないだけですから、可能性なら、まあ、あると思います」

「ありがとうございます。以上です」

なかなか鋭い質問だと思った。当たり前の〝確認〟だが、弁護人の獲得したポイントをマイナスする効果はあっただろう。一般市民の率直な疑問は、時に的を射ることもある。

裁判長が「他に質問はありますか？」と訊いた。裁判員たちは揃って首を横に振った。

「では、一人目の証人尋問を終わります」

14

二人目の検察側証人は、配送会社の同僚だった五十二歳の男性——柴田潔《しばたきよし》だった。肉付きがよく、太鼓腹を揺らしており、世の中の全てを猜疑《さいぎ》の眼差しで眺め回しているような顔つきが印象的だ。

証言席につくと、傍聴席からはもう後ろ姿しか見えない。

田丸は裁判員裁判を見守った。

「では、私から質問します」検察官が主尋問をはじめた。「柴田さんは貝塚さんと同僚でしたね？」

「はい。まあ、貝塚は爆発事件を起こして解雇されたんで、正確には〝元同僚〟ですけど」

「異議あり」弁護人が即座に手を挙げた。「貝塚さんは犯行を否認して裁判で争っており、判決もまだ出ていません。〝爆発事件を起こした〟という表現は不適切です」

検察官が異論を唱えなかったので、裁判長は柴田にやんわりと注意した。

「表現には気をつけてください」

柴田は悪びれた様子もなく、肩をすくめただけだった。

起訴されていることで先入観があるのか、悪意があるのか、検察官との打ち合わせによる台本的発言なのか、柴田は最初から貝塚に敵対的だ。検察官は『同僚でしたね』と過去形で問いかけているのだから、わざわざ『元同僚』と訂正する意味はない。本当に言いたかったことは、『貝塚が爆発事件を起こした』という部分ではないか。

「続けます」検察官が言った。「被告人は現在、新宿の化粧品会社『ビューティー・ネロ』で爆発事件を起こしたとされ、本法廷で裁かれています。四名の死者が出ています。起訴状には含まれていませんが、他にも数件の爆発事件を起こした容疑がかかっています。標的になったのは、ネット上で槍玉《やりだま》に挙げられた〝問題企業〟や〝問題店〟ばかりです。仕事を共にする中で、被告人の言動に思い当たることはありませんでしたか」

証人尋問での質問は簡単で明瞭であるほうが望ましいとされている。だが、検察官は〝前置き〟という体《てい》で自然に持論を開陳した。裁判員の心証を意識しているのだ。

弁護人が『貝塚さん』と名前で呼んでいるのに対し、検察官は『被告人』と呼んでいる。些細な部分だが、呼び方でも人々に与える印象は違うものだ。

裁判員裁判は〝事実〟だけでは勝てない、ということだろう。

柴田はまるで秘密を打ち明けるような、どこか喜びさえこぼれる口調で答えた。「『ビューティー・ネロ』の過労自殺問題が明らかになったとき、貝塚は『こんな会社、爆破されちまえばいいんだ』と暗い口調で漏らしていました」

数人の裁判員がどよめいた。

「爆破とは――穏やかではありませんね」検察官が大袈裟に反応してみせた。「つまり、被告人は『ビューティー・ネロ』に対して強い敵意をあらわにしたのですね」

「異議あり」弁護人がすかさず言った。「誘導尋問です。〝強い敵意〟という表現を証人に押しつけています」

「失礼。質問を言い換えます。被告人は本気のようでしたか?」

「異議あり。証人に感想を求めています」

検察官は疲労感たっぷりに嘆息した。

「一問一答が証人尋問の基本ですが、どうやら弁護人は〝一問一異議〟をモットーにしているようです。これでは公判の流れが阻害され、審理は予定以上に長引くでしょう。裁判員の負担になります」

舌戦は激しく、両者が交わす視線の先で火花が見えそうだ。従来の裁判ではこれほどあからさまな対立はしない。

「……そうですね」裁判長は言い放った。「異議は却下します」

検察官は巧みに裁判員の味方だと見せている。二人共、自陣に肯定的な心証を獲得しようとあの手この手だ。

「もう一度伺います。被告人は本気のようでしたか？」

「はい、強い怒りを感じました」

「被告人は『ビューティー・ネロ』が『爆破されちまえばいい』と言ったわけですね」

「異議あり」弁護人がまた手を挙げた。「重複質問です。証人は同一の質問にすでに答えています」

「重複ではありません」検察官が言った。「証人尋問では多角的に質問することが許されています。異議は不当です」

裁判長はうなずいた。

「異議は却下します。証人は質問に答えてください」

「はい。たしかに『爆破されちまえばいい』と言いました。ずいぶん過激な発言だな、とびっくりしたので、よく覚えています」

弁護人が反対尋問のために立ち上がった。

劣勢に立たされているはずだが、悲観や諦めは全く見えず、それどころか堂々としている。

田丸は弁護人を注視した。

「柴田さん」弁護人が切り出した。「ネット通販の台頭などもあり、近ごろの配送会社は相当な激務と聞いています。あなたの会社も大変な毎日だったのでは？」

柴田は証言台に身を乗り出した。

「そりゃ、大変ですよ。深夜まで働いて、残業代ゼロとか——」彼は「あっ」と声を上げ、動揺したように付け加えた。「いやいや、会社の待遇に文句をつけてるわけじゃないですからね」

柴田は振り返ると、傍聴人たちを一瞥し、また法壇に向き直った。会社の人間が傍聴に来ていないか、確認したのだろう。

「遅配も社会問題となっていますね」

弁護人が水を向けると、柴田は「まあ……」と歯切れが悪く答えた。

「遅配もそうなんですけど、徒労感でいっぱいになんのは、朝早くに営業所を出ても結構な割合で不在だったりすることですね。あれだけはマジ最悪です」

「居留守を使われるケースもあるそうですね。経験は？」

「ありますよ、そりゃ。特に女性ですね。宅配を装った人間が強盗とかレイプとか、そんなニュースが報じられたからか、不在連絡票で荷物を確認してから再配達で受け取る人も増えていて。明らかに中から気配はするのに無視されて、こっちはえらい迷惑ですよ」

「それは不満も溜まるでしょう？」

「当然ですよ。燃料と時間の無駄遣いですしね。再配達は有料にして、その分、ドライバーの賃金に反映させてほしいですよ。高級マンション住まいの人間に居留守をやられると、苛立ちもひとしおで、こっちは暑い中、寒い中、汗水垂らして働いてんのに、って惨めな気持ちになります」

「再配達が相次げば、遅配も起こりますよね？」

「よく遅配でクレーム入れられたりするんですけど、ドライバーの立場から言わせてもらえば、他のジコチューな客の皺寄せですよ、皺寄せ」

会社の〝悪口〟でなければ、柴田は饒舌だった。積もり積もった不満があるのだろう。

「それは大変ですね」弁護人は同情が籠った口調で言った。「一休みしてコーヒーを飲む時間もないのでは？」

「ないですよ。昼飯だって、朝からおにぎりかサンドイッチを持参して、赤信号のうちにかぶりつくとか、効率的に動かなきゃ、配達は終わりませんよ」

「柴田さんは日ごろの激務にずいぶん不満をお持ちです。それは貝塚さんも同じだったのでは？」

「そりゃ、まあ、そうかもしれませんね」

「貝塚さんが自社への不満を漏らすのを聞いたことは？」

「ありますよ、何度も」

「たとえば、どのような？」

「低賃金とか、客のクレームとか、忙しさとか」

「自社をブラック企業と呼んだことは？」

「……まあ、ぶっちゃけ、頻繁にありましたね。それが何か？」

「ところで——」弁護人は急に話を方向転換した。「貝塚さんが過激な発言をした後、すぐに『ビューティー・ネロ』の爆発事件が起きたんですか？」

柴田は質問の意図の理解が遅れたのか、思案するように一拍置いてから答えた。

「すぐでしたよ、すぐ。一週間も経ってないんじゃないですか」

「貝塚さんの発言から一週間以内に『ビューティー・ネロ』が爆破された、ということで間違いないですか？」

「間違いないです。お前の期待どおりになったな、って茶化したのを覚えてますから」

まるで検察官の主尋問のようだ。弁護人はなぜ貝塚の心証が悪くなる質問をしたのだろう。

「逆に言えば——いわゆる『炎上仕置き人』による連続爆発事件が世間を騒がせている時期の発言ということですね」

「え？」

「貝塚さんは自社のブラックぶりに不満をお持ちでした。そんなとき、『ビューティー・ネロ』の過労自殺問題がニュースで報じられたら、暴言の一つや二つ、口にしてしまうものでは？」

柴田は身じろぎした。

こんにちは。
双葉文庫《ふたばぶんこ》公式キャラクター
“たばぶー”です。
Twitterもチェックしてね！

たばぶー公式Twitter
@futababunko
おすすめ作品・キャンペーン情報など随時更新中！

双葉文庫WEB版
新刊案内
https://www.futabasha.co.jp/futababunko/

双葉文庫
ルーキー大賞
Futaba Bunko Rookie Grand Prize
原稿募集!
https://www.futabasha.co.jp/rookie_taisho/

「いや、でも、爆破なんて、物騒で具体的なこと、言わないでしょ、普通」

「そうでしょうか？　事件の一週間前は『炎上仕置き人』がまだ称賛されている時期で、インターネットでは、お仕置きしてほしい企業名がリストアップされるなど、犯人をヒーロー視する書き込みであふれていました。日ごろから自分はブラック企業に搾取されていると感じている人間なら、次に『ビューティー・ネロ』が『炎上仕置き人』に狙われればいいのに、という意味で、時には過激な発言を仲間内でしてしまうこともあるのでは？」

証人尋問術が優れている法律家ならば、さりげない質問の中にもあらかじめ罠《わな》を仕込んでおき、先回りして逃げ道を塞いでいく、と言われるが、この弁護人は相当な手練《てだ》れだと感じた。

柴田から配送業の不満を聞き出したのも、過激な発言が事件の直近であることを聞き出したのも、このための伏線だったのだ。

「お答えください、柴田さん」

弁護人に追い打ちをかけられると、柴田は不服そうな口ぶりで「まあ、爆破されちまえ、くらいは言うかもしれないですね」と答えた。

検察官は一瞬、苦々しい顔を見せた。

「ありがとうございます」弁護人が言った。「ところで、配送業は各地を走り回っていても怪しまれない立場ですが、仕事の合間に寄り道して標的の建物のそばに爆弾を置いていく、というくらいなら柴田さん、にも可能なのでは？」

不意打ちで犯人扱いされた柴田は、今にも拳を振り上げんばかりの勢いで怒鳴った。

「無理に決まってんだろ！　こちとら、昼飯もろくに食う時間がないほど忙しいんだよ。道草食ってる余裕なんかない！」

なかなかの剣幕だったが、弁護人は落ち着き払った顔で言った。

「同意します。柴田さんと同じように激務だった貝塚さんも、担当外の地域で『炎上仕置き人』として何度も爆弾を仕掛けるような時間的余裕はなかったでしょうね」

15

質問するために手を挙げたのは、またしても六番の裁判員だ。喜悦が隠し切れておらず、まるで法律家さながら証人尋問できる権利を得て興奮しているようだった。

「犯人は別に一日に何ヵ所も爆弾を仕掛けたわけじゃなく、数日に一度、用意した爆弾入りの段ボール箱を標的の建物の近くに置いてくるだけだったので、あらかじめ計画を立てていたら、一ヵ所くらい寄り道する余裕は作れるんじゃないですか？」

弁護人の加点をまたしても帳消しにしかねない質問だ。弁護人の眉がピクッと痙攣《けいれん》したのが見て取れた。

柴田は証言に窮していた。置けると答えたら自分まで疑われかねないと危惧しているのかもしれない。

「どうなんですか」

六番は焦れたように語調を尖らせた。手にした〝権力〟に酔いしれているような節があった。

柴田はしばらく躊躇したすえ、「置けると思います……」と答えた。六番は満足そうにうなずいた。

結局のところ、天秤《てんびん》はどちらに傾いているのか。

証人尋問が終了すると、田丸は法廷を出た。一呼吸し、神無木に向き直る。

「神無木さんはどう思いますか」

「どう――ってのは？」

「貝塚忠さんが犯人だと思いますか」

「俺に訊くのか？」

「先ほどは心証を聞けませんでしたので」

神無木は苦笑した。

「意地が悪いな。さっきははぐらかしたんだよ」

「……すみません」

神無木はため息をついた。

「いや、まあ、正直、何とも言えないな。証人尋問を二人、傍聴しただけだしな」

「そうですね、たしかに結論を出すには早すぎます」

田丸は眉を指先で引っ掻いた。

神無木は緊張が滲んだ顔で言った。

「お前は本気で『新宿ブラック企業爆破事件』の冤罪を疑っているのか?」

「『新宿ブラック企業爆破事件』の裁判員落選者が二人、殺されました。偶然ではないとしたら、そこには何か理由があるはずです。イデオロギー絡みの思想犯のように落選者なら誰でも良かったのか、この裁判の落選者でなくてはいけなかったのか。真犯人が野放しになっているとしたら?」

「百歩譲ってそうだったとしても、落選者を狙う理由なんてないだろ」

「……そこなんですよね。腑に落ちません」

「考えすぎかもしれないぞ。どうする?」

「今回の裁判について、検察官の方から話を聞いてみたいですね」

神無木は渋い顔をした。

「担当検事のことは少し知ってる。三笠《みかさ》さんって言って、割と杓子定規だから、おそらく情報は漏れてこないぞ。有罪率至上主義だし、無罪判決を受けたことがない。まあ、だからこそ、この注目の裁判の担当になったんだろうが」

「弱りましたねえ。では、弁護人にあたってみましょう」

「敵だぞ」

『新宿ブラック企業爆破事件』の弁護人は、警察が威信をかけて逮捕して起訴に持ち込んだ〝犯人〟を無罪にしようとしている。当然、捜査に関わった当事者としては気持ちのいいものではないだろう。

だが、もし本当に冤罪だったとしたら？

「情状酌量ではなく、無実を主張して闘っているわけですから、弁護側としても何かしら根拠があるはずです。神無木さんは不愉快かもしれませんが、話を聞くあいだはこらえていただけませんか」

神無木は目を伏せてかぶりを振った。否定なのかと思ったが、諦めの仕草だったようで、彼は「付き合おう」と言った。

裁判所の出入り口で待っていると、やがて弁護人が出てきた。スーツを隙なく着こなしたまま、黒革の鞄を提げている。

田丸は弁護人に歩み寄り、声をかけた。

「あのう……」

弁護人は少し警戒した顔で立ち止まった。

「何か？」

「失礼」田丸は警察手帳を提示した。「新宿署の田丸と申します。『新宿ブラック企業爆破事件』についてお話を聞かせていただきたいと思いまして」

弁護人が田丸と神無木を交互に見やる。

「さっそく牽制——ですか」

「牽制？」

「違うんですか？」

「何の話でしょう」

「次回の審理では、警察の取り調べの正当性を問いますから。取り調べを担当した捜査官も証言台に座ってもらいます。だから牽制で圧力をかけておこう、というわけでは？」

田丸は頭を掻き、誤解をどう解こうか考えた。だが、結局はある程度手の内を見せるしかないと判断した。

「私は『新宿ブラック企業爆破事件』を直接担当したわけではありません。もし真犯人が野放しになっている可能性がある——と言えば、興味を示していただけますかね」

弁護人の顔が引き締まった。顔立ちが整っており、表情や仕草もスマートで、外資系の一流企業で精力的に働くエリートビジネスマンを連想させられる。

「……僕は竜ヶ崎《りゅうがさき》です。伺いましょう」

具体的な内容は何も聞いていないにもかかわらず、話が早かった。機会を逃さず即断即決だ。

「場所は——」田丸は裁判所の建物を見た。「中の食堂はどうでしょう？」

官庁が集結する霞が関のこの辺りには飲食店がなく、話せる場所はかぎられている。

裁判所合同庁舎の地下エリアには食堂があり、一般人も利用できる。

「いえ、中はやめましょう」竜ヶ崎弁護士は首を振った。「この時間帯は裁判員の方も利用していますし、落ち着きません。地下鉄の改札の中にカフェがあるので、そこにしましょう」

三人で改札内のカフェに移動した。店内は割と込んでいたものの、テーブル席は幸いにも空いていた。

田丸は神無木と隣り合って座り、テーブルを挟んで竜ヶ崎弁護士と向かい合った。衝《つい》立《たて》があり、ＢＧＭが流れ、テーブル同士も離れているので、誰かに会話を盗み聞きされる心配はないだろう。三人ともコーヒーを注文した。

「竜ヶ崎さんの手並み、拝見しました」田丸は言った。「言葉だけで真実を剝き出しにする、見事な尋問術でした。この矛盾を追及していく技、ぜひ学びたいですね」

竜ヶ崎弁護士はニヒルな笑みを浮かべた。

「最近の捜査官はおべっかの使い方も学んでいるんですか？」

皮肉な物言いではなく、からかうようなニュアンスがあった。現状では警察を味方とは思っていないだろうに、猜疑心や敵意などは匂わせもしない。

「いえいえ」田丸は苦笑いで返した。「本音です。積極的な異議にも熱意を感じました。今まで傍聴した裁判ではあれほど異議が飛び交う審理を見たことがありませんでしたので。あれは裁判員裁判仕様ですか？」

「そうですね。意識的に異議を唱えています」

竜ヶ崎弁護士は語った。

従来は書面中心の裁判だったから、検察官や裁判官と言い争うメリットを感じない弁護士たちは、違法な尋問があっても異議を唱えず、『その質問はちょっと……』とおずおず不満を表明していた。弁護技術論では、公判の活性化を促すため、認容されるか否かは別にして異議が推奨されているにもかかわらず。

だが、法廷で語られた証言から心証をとる裁判員裁判では、裁判員が見聞きすべきでない情報を阻止する必要がある。今まで以上に異議の申し立てが重要になる。

とはいえ、ドラマのように異議の申し立てに大声を出すのは未熟な証だ。威嚇《いかく》的に見えれば、裁判員の心証を損なう。何かを隠そうと必死になっていたり、追い詰められて苦し紛れに揚げ足を取っているように思われる。

最近は社会生活の中で誰もが理不尽なクレームやパワハラを受けたりしているから、他者を批判する言葉に心底うんざりしている。攻撃的で乱暴な言葉遣いや感情的な主張は、嫌悪感や反感を抱かれ、心証を損ねる。

「異議は礼儀正しく余裕を持って——が鉄則です。三笠検事は、弁護側が許容できない誘導尋問を繰り返すことで、僕に何度も異議を唱えさせて弁護側のイメージを落とす戦術に出ているようですが」

高度な駆け引きをしているわけか。

「主尋問での誘導尋問は、競走馬を鞭打つようなものです。騎手の意図どおりのコースへ導けます。そもそも証人は主尋問者の味方なので、誘導すればどんな質問にも迎合してしまいます。だからこそ、行き過ぎた誘導尋問は阻止しなくてはいけないんです。ま、お互い様でギリギリまで踏み込んでいますが」

なるほど、法律家にとって秘伝の技術などではなく、初歩の初歩、というわけだ。この程度は手の内を明かしているうちには入らないのだろう。

「勉強になりました」

田丸は深々と頭を下げた。

顔を上げると、竜ヶ崎弁護士は驚いたような表情をしていた。

「何か？」

田丸は首を傾げ気味に訊いた。

「いえ。弁護士にこんなふうに下手《したて》に出る捜査官は初めてだったので。少し意外に思いました」

田丸はまた苦笑いをした。

「法律家の方は現場の捜査官と違って立派な経歴をお持ちですし、私が居丈高に振る舞える理由がないでしょう？」

「嫌味に聞こえないことが驚きです」

「正直な気持ちです」

現場の捜査官たちの中でも疎まれ、仲間外れにされている冴えない外見の中年刑事――。卑屈になる理由ならいくらでもある。嫌味に聞こえなくても、自虐には聞こえたかもしれない。

コーヒーが運ばれてくると、二人がブラックのまま口をつけた。田丸はミルクと砂糖を両方混ぜ、飲んだ。

「さて」竜ヶ崎弁護士はカップをソーサーに戻し、テーブルの上でアメリカ映画の俳優のように優雅に指を組んだ。「ではそろそろ、本題に入りましょうか」

田丸は隣の神無木を見やり、うなずき合った後、竜ヶ崎弁護士に向き直った。

「実は今、新宿署の管轄で二件の殺人が発生しています。ご存じですか?」

「ニュースには常に目を通していますが、最近は事件が多すぎるので……詳細を教えていただければ分かるかもしれません」

田丸は磯山ゆう子と内村佳樹の事件について説明した。もちろん公になっていない捜査情報は伏せておく。

「……記憶にあります。磯山ゆう子さんの事件は、ストーカー殺人が疑われていましたよね。内村佳樹さんの事件はネットのニュースでちらっと。たしか、ホストクラブでのトラブルの可能性があるとか」

そのとおりです、とも答えられず、かといって現状では否定もできず――。田丸は返事に悩んだ。

代わりに竜ヶ崎弁護士が続けた。

「警察は表向きの発表と違う可能性を考えている、と」

「いえ、それが――」

言葉を濁すと、彼はそれだけでぴんときたようだった。

「警察というより、あなた方二人が――ということですか。そもそも警察が組織で動いていれば、こんな形で〝敵方〟に接触してきたりはしないでしょうから」

「……さすがの洞察力ですね」

「おだてても何も出ませんよ」竜ヶ崎弁護士が笑い声を漏らした。「で、先ほどの二件の事件が僕にどう関係してくるんですか」

さて、どこまで手の内を開陳するべきだろう。実際問題、連続殺人説に何の確証もない以上、伏せておくことが得策なのか、正直に伝えるほうが得策なのか、分かりかねる。

「実はですね、被害者二人が『新宿ブラック企業爆破事件』の裁判員の選任手続に参加していたことが判明しました」

竜ヶ崎弁護士の表情が引き締まった。

「まさか、被害者二人は裁判員落選者なんですか？」

竜ヶ崎弁護士のほうから〝落選者〟という単語が出てきたことに驚いた。

神無木が「何かご存じなんですか？」と訊く。

「なぜ？」

「落選者だとご存じだったようなので」

「察しが良すぎると怪しまれるのは世の常ですね」竜ヶ崎弁護士は冗談めかして言った。「単純な消去法です。裁判員と補充裁判員に選ばれた方は、先ほども問題なく公判に出席されていましたから」

神無木が「ああ……」と納得顔でうなずく。

田丸は説明を続けた。

「新聞でも報じられていますが、磯山ゆう子さんの事件は絞殺で、内村佳樹さんの事件は刺殺です。手口が違いますし、それぞれの事件ではすでに被疑者がいます。私は裁判員落選者というのが共通点だと考えたのですが、賛同は得られていません。竜ヶ崎さんはどう思われますか」

竜ヶ崎弁護士は思案する間を置くようにコーヒーに口をつけた。静かにソーサーに戻し、一息つく。

「僕は双方の事件について警察以上の情報を持っているわけではありませんし、それが共通点なのかどうか、明言はできません」

「『裁判員候補者が世の中にどれだけいると思う?』と反論されたら、私は説得の言葉を持ち合わせていませんでした。仮定の話として、もし法廷でそれが共通点だと裁判員に納得させなければならないとしたら、竜ヶ崎さんならどのような冒頭陳述を行いますか?」

竜ヶ崎弁護士は唇に笑みを浮かべた。

「……僕ならこう訴えます。『新宿ブラック企業爆破事件』の公判は四十一回が予定されています。初公判日から判決日までの審理期間は、約八十日。地裁は五百十三人に呼出状を送付しましたが、長期審理になることも影響し、四百五人がアンケートで事前に辞退を認められました。無断欠席などもあり、当日、選任手続に出席したのは六十七名。重要な仕事でどうしてもそんなには休めない、とおっしゃった方十一名の辞退を認め、弁護側と検察側が除外した候補者十四名を除くと、抽選を行った候補者は四十二名です。補充裁判員を含め、十二名が選ばれましたから、〝落選〟したのは三十名です。その三十名のうち、二人が短期間に殺害されたのです。果たして偶然で片付けられるでしょうか?」

彼の弁舌は説得力があった。さすが弁護士。自分もこれくらい論理的に説明できれば、班長の心を動かせただろうか。

「その数字は実際のものですか?」

「そうです。一部の新聞でも公表されていますよ」

三十人のうちの二人が殺された——。

実際に数字を知ると、やはり看過してはならない共通点ではないかと感じた。

「しかし、疑問があります」

竜ヶ崎弁護士が言った。

「見当はついているんですか？」

「はい」竜ヶ崎弁護士がうなずく。「正直に答えますと、動機は全く想像もつきません。だからこそ、周りを説得する術を持ち合わせず、こうして竜ヶ崎さんのもとに伺った、というわけでして」

「なるほど。事情は分かりました。期待というより、一縷《いちる》の望み、という感じですね。ただ——残念ながら僕に何かが提供できるとは思えません」

「もし被害者に繋がりがあるとしたら、『新宿ブラック企業爆破事件』と無関係ではないはずなんです。選任手続の日の詳細を教えていただけませんか。どのようなやり取りがあったのか」

竜ヶ崎弁護士はわずかに顔を顰めた。

「……申しわけありませんが、守秘義務がありますし、それは個人のプライバシーにも関わってきます。現時点で僕がお話しできることはありません」

「現時点で——ということは、状況が変わればご協力いただける、ということでしょうか」

「……裁判員落選者を狙った連続殺人だと確信が持てれば、協力は惜しみません」

神無木がテーブルに身を乗り出した。

「次の犠牲者が出るのを待て、と？」

咎める口調だった。

竜ヶ崎弁護士は困り顔で言った。

「他の事件は調べたんですか？」

「他の事件？」

「はい。東京地裁で行われる裁判員裁判の場合、裁判員候補者は都内在住の一般市民から選ばれます。落選した方々の中には、新宿区だけでなく、目黒区とか渋谷区とか港区とか、色んな地域に住んでいる人がいるはずです。重要なのは、二件の殺人被害者が〝落選者〟だから狙われたのか、〝新宿区在住の落選者〟だから狙われたのか、それによって状況は変わってきます。もし前者であれば、直近に発生した他の殺人事件の被害者にも落選者がいた可能性がありますよね」

電流が背中を走った気がした。

なぜその可能性に思い至らなかったのだろう。他の署の管轄内で未解決の殺人事件——いや、無実の人間が犯人として逮捕されている可能性もあるから、解決済みの事件であっても——を調べてみるべきではないか。

被害者が過去に裁判員選任手続に出向いたことがある、という事実は、仮に判明していても無意味な情報として流されただろう。その時点で殺人に関係しているとは誰も思わない。

「ありがとうございます」田丸は伝票を手に取り、立ち上がった。「もし状況が変われば、連絡します」

竜ヶ崎弁護士は大真面目な顔つきでうなずくと、テーブルに名刺を置いた。

「連絡がないことを祈っています」

16

『歌舞伎町ホスト殺人事件』の捜査会議では、最重要被疑者とみなされている不動産会社の社長に関する報告がなされた。

不動産会社社長は、フィリピンに高飛びしたという。逮捕状が出ていたわけではないので、警察も法的に阻止することはできなかった。

「やはり犯人《ホシ》だったか」管理官が後手に回った失態を悔やむように言った。「逃亡されたな」

捜査官が答える。

「件《くだん》の不動産会社には脱税の疑いがあり、税務署が調査を進めていました。従業員によると、『近々手入れがあるかもしれないから綺麗にしておけよ』と社長から指示を受けたそうです。高飛びは脱税による逮捕を逃れるためかもしれません」

管理官が渋面でうなった。

「面倒な状況になったな。他に報告は？」

田丸は神無木を横目で見やり、手を挙げた。捜査会議の場で発言することはあらかじめ伝えてある。

「……何だ?」

田丸は立ち上がった。

「実は被害者二人が裁判員落選者だったんです」

管理官は露骨に顔を顰め、嘆息した。

「……くだらん。それが共通点だとでも言いたいのか? 裁判員候補者の多さを考えれば、偶然にすぎん」

「多さ——とおっしゃいましたが、正確な数字はご存じでしょうか?」

「そんなもの、知るわけないだろう」

「私は正確な数字を調べました」

「命じた捜査はそんなことじゃない」

「『新宿ブラック企業爆破事件』の裁判員落選者にかぎれば、その数はぐっと少なくなります」田丸は叱責を受け流し、竜ヶ崎弁護士が語った数字を説明した。「——というわけです。三十人のうちの二人が殺されたんです。これはもう共通点と言ってもおかしくないのでは?」

「……偶然だ」

「では、もし裁判員落選者の殺人被害者が二人でなく、三人ならどうでしょう?」

「何を言っている?」

管理官の目には、まさか、という不安が表れていた。

「まだ三人目の犠牲者が見つかったわけではありません。しかし、それが殺人の動機になると思わず、誰もが気にかけず、見落としている可能性もあります。都内で発生した直近の殺人事件で、被害者が『新宿ブラック企業爆破事件』の裁判員選任手続に参加していた事件がないか、問い合わせるべきです」

「正気か？」

「もちろんです。もし他に一件でもあれば、これはもう偶然では片付けられなくなります」

「……時間も手間も浪費するだけだ。都内の全所轄に直近の殺人を洗い直すよう、要請しろというのか？」

「お願いします」

「軽々しく言うな！」

「他にも方法はあります。選任手続に出席した裁判員候補者たちが無事かどうか、確認するんです」

「その五十――」

「六十七人です。しかし、落選者にかぎれば三十人です。そのうち二人は殺されています。残りの二十八人の無事が確認できれば、少なくとも犠牲者は二人に留まっていることになります、今はまだ……」

管理官は呆れ顔でかぶりを振った。

管理官が何を懸念しているかは分かる。

選任手続に参加した市民の情報が警察に漏れていた——という事実がもし後々に発覚すれば、個人情報保護の観点から非難の声が上がるだろう。いつの世も警察が知りすぎることは攻撃の対象になるのだ。

おそらく、市民団体やジャーナリスト、あるいは政治家が問題を煽情的《せんじょうてき》に取り上げ、『これは戦前の〝特高〟を思わせる事態だ』『警察の横暴を許すな！』『市民の個人情報を守れ！』と大袈裟な表現で声高に叫ぶだろう。何ら問題ない個人情報の取り扱い方をしていても、発言力のある人間に『この問題を放置すれば、メールの内容もこっそり監視される時代がやって来る！』などと吹聴されれば、短絡的な者たちが『よく分からないけど何だかヤバそう』と不安に駆られて追従し、大騒ぎになりかねない。おそらく管理官はそれを懸念している。

「とにかく！」管理官は言い放った。「無根拠な妄言には付き合えない！」

駄目——か。

落胆のため息が漏れる。

田丸は下唇を噛みながら、椅子に腰を落とした。まるで膝の関節が抜けたようだった。

「待ってください！」

逆に椅子を倒す勢いで立ち上がったのは、神無木だった。意志の籠った目で管理官を見据えている。

「田丸の推理は一考の価値があると思います」

田丸ははっとし、神無木の横顔を見つめた。彼が味方してくれるとは思わなかった。本気で自分の推理に可能性を感じてくれたのだと分かり、嬉しくなった。だが、管理官に盾突いたら彼まで敵視されてしまう。

「一考には値しない。根拠のない思い込みにうつつを抜かすな」

「可能性を潰しておく必要はあるはずです」神無木が身を乗り出し、食ってかかる。

「調べた結果、何もなければそれでいいじゃないですか」

「時間を失う。寄り道しているあいだにホシに逃げられる」

「『新宿ブラック企業爆破事件』の裁判絡みなら、ホシは他にいることになります」

「妄想だ」

「……本庁は田丸にメンツを潰されたから嫌がらせをしているんでしょう！」

神無木が声を荒らげると、周囲がざわついた。まるで彼が決定的な謀反《むほん》を起こしたかのように。

当然だろう。神無木は警視庁の捜査官なのだ。一年前の騒動では彼も巻き添えになっている。

「神無木さん！」田丸は声を上げた。「よしましょう！」

しかし、彼は振り向かず、管理官を睨んだままだ。拳は太ももの横で握り締められている。

管理官が公の場で不正を追及されたような顔をした。

「被害妄想も度が過ぎると鬱陶しい。一顧だにしないのは、それだけの説得力に欠けているからだ。以上！」

一方的に話を断ち切ると、捜査官たちに順番に指示を出していく。

神無木が顔だけ向き直った。眼差しには、申しわけなさそうな苦渋があった。

一年前から冷遇されている。〝相棒〟も巻き込んでいる。組織に嚙みついた捜査官に未来はない。

自分は——何のために事件解決を望む？

以前も自問した。だが、答えは出なかった。被害者の無念を晴らしたいのか？　自分を認めてくれない者たちを見返したいのか？　活躍して称賛が欲しいのか？

世の中から認められたい——あるいはそれほど大きくなくても、誰かから認められたい——という、いわゆる承認欲求は誰しも多かれ少なかれ持っているものだ。社会的地位が低かったり、冷遇されていればいるほど、その欲求は強くなる。必ずしもそれが悪いことだとは思わない。だが、警察官としてはどうなのか。

私情を殺し、被害者のためだけに捜査すべきではないのか。

管理官の言うことのほうが正しかったらどうする？　自分は一年前の称賛が忘れられず、捜査会議で〝逆張り〟しているだけだとしたら——。

本当に『新宿ブラック企業爆破事件』が関係しているのか、自信が揺らいでいく。

捜査会議が終わると、田丸は一人で会議室を後にした。

17

新宿署を出たとき、辺りは夜の帳《とばり》に包まれていた。建物を撫でるように寒風が吹きつけていく。

「おい、待てよ！」

神無木の声に、田丸は立ち止まった。靴音が真後ろで止まる。

「置いていくなよ」

田丸は背を向けたまま、沈黙で応えた。

「軽んじられて腹が立つのは分かる。だけど、ふて腐れてどうする。俺たちで見返してやりゃいい」

田丸は息を吐いた。白い息は夜風にさらわれ、あっという間に霧散した。

「……なぜ味方したんです」

後ろから当惑の息遣いが聞こえた。

「なぜって、相棒だろ」

田丸はそこで初めて振り返った。神無木の目を真っすぐ見返す。

「本部はあなたにお荷物を押しつけ、お目付け役をさせているつもりでしょう。それなのに、同じ穴の貉《むじな》だと思われたら、あなたの立場が悪くなります。今ならまだあっち側にいられたのに……」

神無木は苦笑いした。

「俺を気遣ってんのか？」

「あなたまでこっち側に引きずり込みたくないんです」

「何だよ、あっちこっちって。警察は全員同じ側だろ。そりゃ、現状は疎外されてるし、他の捜査官が味方だとは思えないだろうけどな。結果を出せば手のひらを返すさ」

「……管理官に盾突くまねはすべきじゃありませんでした。私に肩入れする必要はなかったんです。なぜあんなことを？」

神無木は眉を顰めると、視線を地面に落とした。苦慮の翳《かげ》りが顔を覆う。

「今度はお前の味方をしてやりたかった」

「え？」

「一年前は俺が間違ってた」

連続殺人犯を単独連行したときのことだ。警察が誤認逮捕している可能性を納得させることができず、神無木と口論したあげく、喧嘩別れした。勝手にした結果がこのありさまだ。新たな殺人を防いで真犯人《ホンボシ》を逮捕したものの、警察組織を敵に回した。

「今となってはあなたを巻き込まずにすみ、良かったと思っています」

「……巻き込まれたかった」顔を上げた神無木の瞳には悲しみがあった。「俺は相棒失格だ」

「そんなことはありません。私は感謝しているんです。こんな状況になっても、まだ私の味方をしてくれようとしている。普通なら厄介払いしたいでしょう」

「俺がお前の話に耳を傾けていたら――」神無木はしばし下唇を嚙み締めた。「あんなことにはならなかった」

「どういう意味です？」

「俺がお前を見捨てたから、お前は一人で捜査して――そしてああなった。俺が責任の半分を背負っていたら、おそらく違っただろう。お前一人に押しつける形になった」

あの日の記憶が甦る。

土砂降りの雨の日だった。雨粒に打たれ、へばりついた前髪から垂れた水滴が顔を流れ落ちていく。

向かい合う神無木もずぶ濡れだった。

「後は奴を落とすだけだ。自白を取れば終わりだ。真犯人なんていない！」

「真犯人は必ずいます」

「誤認逮捕だって言うのか？」

「はい。彼は犯人ではありません」

「全員で追い詰めて、ようやく逮捕したんだぞ。DNAだって一致しているし、目撃証言もある」

「真犯人にミスリードされたんです。私たち警察があざ笑われているんです」

「馬鹿言うな。妄言で上に嚙みついてどうする」

捜査会議の場で意見を主張し、食い下がり、そして怒声を浴びた。

上の人間が激怒する理由は分かる。

殺人の被害が続き、マスコミからずいぶん手厳しく突き上げられた。犯行を止められず、現場は常にぴりぴりしていた。そんな中でようやく逮捕でき、事前に情報を流して連行の瞬間を記者たちに撮影させた。その後、キャリアが記者会見を行い、住民を震撼《しんかん》させた連続殺人の終息宣言をした。遅きに失した感はあるものの、〝犯人〟が逮捕されると、マスコミは責め立てる対象を替えた。

二日も経たないうちに〝犯人〟の経歴、家族関係、卒業文集——と様々な個人情報が晒《さら》され、元同級生の証言まで流れた。そんな状況で所轄の捜査官が誤認逮捕の可能性を主張したのだ。

いたずらに現場を引っ搔き回す厄介者扱いされても仕方がない。

「真犯人が野放しになっていたら、新たな犠牲者が出るんですよ。それこそ、マスコミに袋叩きにされます」

「だったらどうしたいんだ」

「……私たちで真犯人を追いましょう」

神無木は顰めっ面でかぶりを振った。

「犯人は逮捕した。そんな勝手ができるか」

「犯行を食い止めたくないんですか」

真っ黒な空で雷が太鼓を鳴らしている。今にも稲妻が炸裂しそうだ。

「犯行はもう止まってる」

「止まっていません。このままだと続きます。私を信じてください」

神無木はまたかぶりを振った。

「……そうですか。だったら私一人で追います」

背を向けると、肩を鷲摑みにされた。強引に振り向かされる。

「いい加減にしろ！　捜査は好き放題やっていいものじゃない」

「組織が動かなければ個人が動くしかないでしょう」

「勝手なことをされたらみんなが迷惑する。真犯人なんていない。認めろよ」

「真犯人はいます。なぜ分かってくれないんですか。所詮、本庁の捜査官は所轄を見下しているんでしょう」

「……本気でそんなこと思ってんのか？」

「所轄の一介の捜査官の考えなど、聞く耳を持つ必要がないと思っている。違いますか」

神無木が胸倉を絞り上げた。柔道でも好成績を残した腕力は強く、服が引き千切れそうだった。引き寄せられると、鼻先を突き合わせた。彼の瞳には怒りが渦巻いている。

「捜一の捜査官は全員、所轄上がりだぞ。所轄で努力を続けて、選ばれてる。見下すわけがないだろ」

田丸は答えなかった。

失言だった。

「……すみません」

謝ると、神無木が手を放した。喉が解放され、呼吸が通る。首を押さえながら息を吐く。

神無木は舌打ちした。

「……帰るぞ」

彼が背を向けようとした。田丸は動かなかった。

「私はこのまま真犯人を追います」

神無木がうんざりした顔でため息をつく。

「まだ言ってんのか。他班に出し抜かれて悔しいんだろ。お前は最初から違う方向を向いていたもんな」

「他班は関係ありません。捜査本部は誤っています。私がそれを証明します」

田丸は土砂降りの雨の底で神無木と睨み合った。雨水が瞳に沁《し》みても目を閉じず、真っすぐ彼の眼光と対峙《たいじ》する。

引くつもりはなかった。自分の推理が正しい自信があった。信じてもらえないならそれでも構わない。掟破りの単独捜査をしてでも真犯人を突き止め、次の犯行を阻止する。

先に動いたのは神無木だった。

「勝手にしろ！」

神無木は吐き捨てると、背を向けた。

田丸も踵を返した。

互いに反対方向へ歩いて行った――。

その後は半分が思いどおりになり、半分が思わぬ方向へ向かった。新たな被害者を出さずにすみ、真犯人も逮捕したが、被疑者自殺の失態をキャリアがマスコミに弁解している中、真犯人を連行し、大騒ぎになった。

そして本庁から反感を買い、今に至る。

18

「――今度は信じる」神無木が決然と言った。「俺たちで真犯人を逮捕しよう」

「これから自白の任意性と信用性を取り調べます」

田丸は神無木と傍聴席に座り、裁判長の声を聞いていた。竜ヶ崎弁護士から聞いたように、警察の取り調べの正当性を問う審理であるなら見逃せない。

裁判長が裁判員に説明しはじめた。

「被告人は捜査段階で殺人を認める旨の供述をし、調書に録取されています。しかし、公判に入ると否認に転じ、警察に自白を強要されたと主張しています。裁判員のみなさんは、被告人質問と、その後の取調官の証言を見聞きし、自白が本人の意思に基づいたものかどうか、考えてください」

自白の任意性が認められたら貝塚忠の自白調書が証拠採用され、法廷で朗読される。自白の強要を主張している弁護側としては、それを阻止しようと闘うはずだ。

「被告人は証言台へ」

貝塚忠が立ち上がり、法廷の真ん中に進み出た。黒いスーツと革靴に似せたサンダル姿は、裁判員に悪印象を与えない格好だ。黒髪も整えてあり、会社と家族のために働き、適度に息抜きするサラリーマンにも見える。

神無木の左隣には、喪服姿の中年女性が遺影を膝に乗せて座っていた。貝塚から一瞬も目を逸らさず、睨みつけている。全身から発散する憎悪と怒りがひしひしと伝わってきた。

貝塚が証言席に座ると、裁判長が黙秘権の告知をした。被告人は証人ではないので宣誓をしない。

「——分かりましたね。当事者であるあなたには供述を拒否する権利があります。そして当法廷で述べたことは有利にも不利にもなります。では、弁護人」

竜ヶ崎弁護士は弁護人席から立ち上がった。緊張を解くためか、穏やかな口調で住所氏名の確認など基本的な質問からはじめた。その後、生い立ちに踏み込んでいく。

「——母子家庭で育ったので、家にはあまりお金がありませんでした。僕は定時制高校に通いながらバイトし、卒業後は貯めたお金で免許を取って今の配送会社に就職しました。プログラマーになることを夢見ていて、そういう会社を何社か受けたんですが、全滅で……」

裁判員たちは〝特殊な存在〟である『被告人』も自分たちと同じ人間だと感じるだろう。それこそ竜ヶ崎弁護士の狙いだったのかもしれない。生い立ちや就職のきっかけや夢を語らせ、貝塚が裁判員と同じ『普通の人間』だと理解してもらいたかったのだろう。

悪鬼を見る目を向けていた何人かの裁判員は、一瞬、苦悩の表情を覗かせた。

「では、貝塚さん」竜ヶ崎弁護士が同情的な口ぶりで言った。「苦痛でしょうが、まず十秒間、目を閉じ、あのときの取調室に戻ってみてください」

裁判員たちは沈黙の重みを嚙み締めるような顔で事の成り行きを見守っていた。

やがて竜ヶ崎弁護士が訊いた。

「取り調べで一番つらかったことは何ですか？」

「無実を信じてもらえないことでした。否定しても、お前がやったんだろ、早く喋れって。もうどうなっても構わないって気持ちでした」

「投げやりになったんですね」竜ヶ崎弁護士は共感する口調で言った後、怪訝そうに首を捻った。「しかし、疑問があります。どうにも私には分かりません。無実であるなら、あなたはなぜ自白してしまったんでしょう？　死傷者を出した爆発事件を認めたら重い刑罰を受けるわけです。普通は躊躇するのでは？」

死傷者の正確な数を口にせず、死刑の可能性にも触れていない。事件の悲惨さと非道さを裁判員たちに極力思い出させないようにしている。

「そうですよね。僕も今まではそう思っていました。凶悪犯罪の冤罪疑惑なんかをニュースで見るたび、『無実だったら認めないはずだ。本当は犯人なんだろ』って」

「自然な反応だと思いますよ」

「でも実際に逮捕されて分かりました」貝塚は数秒、苦痛の記憶に溺れるように間を置いた。「毎日毎日、留置場と取調室を往復して、朝から晩まで代わる代わる刑事さんに怒鳴られていたら、頭がボーっとしてきて、そのときの苦痛から逃れることしか考えられなくなるんです。自白したら重い刑罰を受けるとか、そんなものは遠い未来としか思えないんです」

「具体的にはどのような生活だったんですか？」

「生活――ですか」貝塚はかぶりを振った。「生活って単語は〝生きる〟と活力の〝活〟で出来ていますよね。そんな単語は不釣り合いです。一日十時間も狭い密室で悪口を言われたり、怒鳴られたり、責められたりするんです。卑劣な殺人犯め、人間のクズめ、お前なんかに生きる価値なんてない、死んで償え——。こんな調子の罵声がずっと続くんです」

警察は否認する被疑者には容赦しない。犯人だと確信して逮捕したのだから、冷酷無慙《ざんむ》な犯罪者を自白させるという信念のもと、徹底的に責め立てる。だが、昨今は人権保護が叫ばれ、苛烈な取り調べは許されなくなった。特に重大事件ほど慎重になる。世間の注目を集めているため、逸脱した尋問をしたとたん露見してしまう。

担当の捜査官はそれほど前時代的な取り調べを行ったのか? にわかに信じがたい。田丸は隣の神無木を窺った。その視線に気づいたらしく、彼が訳知り顔でうなずいてみせた。

訊きたいことが通じ、神無木は最低限の反応で答えたのだ。貝塚は全くの出鱈目《でたらめ》を証言しているわけではないらしい。

竜ヶ崎弁護士は目を閉じ、質問を口にしなかった。沈黙が続いた。裁判長が「弁護人?」と尋ねる。

「すみません」竜ヶ崎は目を開けた。「しばし、自分自身が狭い取調室で一日じゅう罵声を浴びる光景を思い浮かべていました」裁判員の顔を見渡す。「みなさんも想像を広げ、こんな状況をイメージしてみてください。自分に敵意や悪意を持っている者数人を狭い部屋に集め、今から好き勝手に自分の悪口を言ってもいい、と許可するんです。外見の欠点や身体的コンプレックスを笑われ、馬鹿にされ、人格否定の言葉を浴びせかけられる。心は傷つくでしょう。あなたは何時間耐えられます？　一時間？　二時間？　それとも十時間は平気ですか？　貝塚さんは孤独に三週間――合計二百時間もそんな状況に置かれたのです。目を閉じて想像してみてください」

三笠検察官は大仰なため息をついた。

「裁判長、私は居眠りをしていましたか？　いつの間にか被告人質問が終わり、気がつけば弁護人の最終弁論がはじまっていました」

竜ヶ崎は再び「すみません」と謝った。「つい熱心になりすぎてしまいました」貝塚に視線を移す。「話を続けてください」

「刑事さんは休憩を取りながら交替しますけど、僕はできないんです。夜になって留置場に戻ったら、全てを見張られます。睡眠、排泄、洗顔、風呂――。不安で一睡もできなかったり、体調を崩して嘔吐《おうと》したり……そんな毎日が繰り返されるんです。休みなんてありません。犯行を認めるまで解放されないんです。留置場で毛布に包まれながら、明日も一日怒鳴られるんだろうな、と絶望するんです。家族や友人にも会えず、独りぼっちの毎日です。だんだん、刑事さんの言うことが正しいんじゃないのかって思うようになるんです。正直に罪を認めれば解放されるんだぞ、って囁かれると、刑事さんの優しい言葉に縋りたくなるんです」

「ストックホルム症候群のようなものですね。人質事件などで長期間拘束された場合、被害者が加害者に一種の仲間意識を持ち、どんなことにも迎合してしまうんです。生き残るための生存本能がそうした心理状態にします。過去には、犯人の睡眠中に人質が代わりに銃で警察と対峙していたケースもありました」

「……そうですね。僕は解放されたかったんです。そのためならどんな要求でも呑むつもりでした」

「犯行を認めさせられた後はどうなりました？」

「刑事さんの口調が優しくなりました。『後は枝葉を白状したら終わりだからな。ほら、最後まで頑張ろうな』と言われました。僕は訊かれるままに答えました。『ネットで賛同者たちの称賛を見てますます興奮したのか？　〝権力〟を自分個人の力でビビらせるのは快感だったか？』って言われると、自分が犯人だったらどう思うだろうって想像して答えるんです」

「想像して？」

竜ヶ崎弁護士はいかにも驚いたように聞き返した。

「ほら、今の世の中、誰もが何かに怒ってるじゃないですか。沸点が恐ろしく低くなっているっていうか。他人を赦《ゆる》せなくなっているな、って思います。ちょっとでも不謹慎な発言や問題発言をしたら、寄ってたかって私刑《リンチ》を加えて……。発言した人間の社会生活を叩き潰すまで止まらない。ただの〝発言〟でそこまで人を袋叩きにしていいなら、法律的な罪を犯した人間とか、前科者なら、それこそ人権無視するレベルで叩いていいことになると思います。僕はそんな世の中は怖いなって思っていて。でも、口に出さないだけで、労働者を搾取する企業に腹が立つ気持ちは正直、抱えていて……」

「心の中で罵倒する分には犯罪ではありません。大丈夫です。続けてください」

「刑事さんには、そういう心の奥の本音を誇張して語ったり、ネットで企業や他人に怒り狂っている連中の言い分を真似して語ったり――。とにかく、問題企業を罰して喜ぶ人間の気持ちを想像して答えました」

「それが自白調書になったわけですね。しかし、同僚の柴田潔さんは前回の証人尋問で〝『ビューティー・ネロ』の過労自殺問題が明らかになったとき、貝塚は『こんな会社、爆破されちまえばいいんだ』と暗い口調で漏らしていました〟と証言しました。先ほどのあなたの生真面目なお話とは矛盾する気もするんですが？」

検察官のような〝追及〟だった。おそらく、手厳しい検察官なら必ずするであろう質問を先回りして行い、反対尋問で突っ込まれないよう予防線を張っているのだろう。貝塚から事前に事情はちゃんと聞いているはずだ。

案の定、貝塚は動揺を見せたりはせず、答えた。

「柴田さんは反論されるとあからさまに不機嫌になるタイプの人で、機嫌を損ねないよう、言動には注意が必要でした。日ごろから有名人の発言とか、企業の不祥事とか、ネットで調べては怒っていて、『お前もそう思うだろ』って同意を求められるんです。下手に返事を濁したりしたら、『何で分からねえの？』とか、『お前はそっち側かよ』とか、舌打ち混じりに絡まれるんで、心にもないことでも同意するしかないんです」

「では、もしかして『ビューティー・ネロ』の話のときも?」

「はい。『ビューティー・ネロで過労自殺だってよ。会社は非を一向に認めねえらしいぞ。許せねえよな』みたいに言われて、僕は『そうですね』とうなずきました。そうしたら、柴田さん、企業を罵倒しはじめたんです。このままじゃエスカレートする一方だって思ったから、冗談めかして『そんな会社、爆破されたらいいんですよ』って言ったんです。ちょうど問題企業への連続爆発事件が起きている時期だったので」

「彼の話に合わせたわけですか。しかも『こんな会社、爆破されちまえばいいんだ』と『そんな会社、爆破されたらいいんですよ』では、過激さもニュアンスも違いますね。貝塚さんがそう言ったら柴田さんは何と?」

「『だよな。お前もそう思うよな』と満足そうに機嫌を直しました。その後はむしろ柴田さんが『ターゲットに選ばれねえかなあ』とか繰り返していて、僕は『そうですよね』と相槌を打っていました」

作り話とは思えない説得力があった。

発言だけで他人の真意は分からない。文章や録音として一部を切り取れば問題発言でも、そのような言葉を発した裏には、当時の社会的背景、会話の流れ、場の空気、人間関係など、様々な要因があるものだ。だが、人々は言葉の表面だけを見てその人の人間性を決めつけたり、断罪しがちだ。

法壇を観察すると、何人かの裁判員は悩ましげな顔を見せていた。貝塚が本当に犯人なのか、疑心の芽が生まれたのが分かる。実際、捜査官としても有罪と断じられない不信感がある。

「取り調べの話に戻りましょう」竜ヶ崎弁護士が言った。「偽りの自白をさせられた後はどうなりましたか」

「犯行の手順を訊かれました。僕はまた想像で答えました。間違っていると、刑事さんが言うんです。『よく思い出してみろ。そうじゃないだろ』と。僕は別の答えを口にします。その繰り返しです」

「恐ろしいことです。そんなふうに作り上げられた捜査官の〝作文〟は断じて証拠にすべきではありませんね」


竜ヶ崎弁護士が主尋問を終えても、三笠検察官は書類に視線を落としていた。

反対尋問の準備か。

被告人を相手にした場合は苛烈になる。大抵の場合、裁判員たちも犯人には厳罰感情を持っているから、厳しく責め立てても問題ない。三笠検察官は法廷尋問技術を駆使し、貝塚が殺人犯だと印象づけるに違いない。

裁判長は検察官席を見やり、「反対尋問を」と言った。裁判員たちの期待に満ちた眼差しが注がれる。腕利き検察官がどのように尋問し、被告人から何を引き出すか、興味津々といった表情だ。

「反対尋問?」三笠検察官は顔を上げた。「反対尋問ですか。別に必要ないでしょう」

「尋問しないんですか?」裁判長は怪訝そうに訊いた。

真意が分からなかった。被告人を責め立てる機会は他にない。これではKOチャンスにガードを固めるボクサー同然ではないか。普通なら供述調書を掲げ、取り調べの状況を掘り下げ、矛盾を攻め、法廷での供述の不正確さをあげつらう。

「被告人質問に意味はありません」三笠検察官は言った。「裁判長も偽証罪を適用してくれないでしょう?」

「当然です。被告人に偽証罪は適用されません」

「そうです。残念ながら証人と違って被告人には偽証罪が適用されません」三笠検察官は失われた誠実さを嘆く口調で続けた。「嘘をついても裁かれない無敵の立場にいる以上、私が反対尋問をしても、被告人は堂々と自分に都合のいい作り話をするでしょう。よって反対尋問は無意味と考え、する必要性を認めません」

三笠検察官は被告人質問の原則を強調した。裁判員の頭には、貝塚は自由に嘘をつける立場にいると刷り込まれただろう。

裁判員たちの顔には先ほどまでの同情はなく、見え透いた弁解を繰り返した犯人を見る目で貝塚を見ていた。執拗な尋問を続けてきた検察官が被告人を責め立てない——。その効果は抜群だった。

裁判員制度を利用した戦術か。だが、これは一種の賭けだ。否認事件で被告人に反対尋問しないのは、検察側にもリスクを伴う信じがたい一手だった。

「異議あり」竜ヶ崎弁護士が立ち上がった。「被告人質問は被告人の言い分を聞き、その上で反対尋問に晒し、苛烈な詰問にも揺るがない〝真実〟を明らかにする場です。疑問があれば裁判官も質問します。平然と嘘八百を口にする被告人は多くありません。嘘は細部に矛盾を作る砂上の楼閣なんです。百戦錬磨の検察官に追及され、崩れ去る危険性が高い。無実を訴える者の供述に矛盾が発覚したら、真実を語っている部分も信用されず、有罪になります。情状酌量を訴える者の供述に矛盾が発覚したら、反省の色がないと判断されて罪が重くなります。法廷で嘘をつくほど危険な行為はありません」

「綺麗事ですね」三笠検察官は埃《ほこり》を払うように右掌で宙を掃いた。「従来の裁判とは違います。裁判員裁判は裁判員が法廷で心証をとり、裁判官と評議、評決して判決を出す制度です。だから無理がある嘘でも構わない。それで合理的な疑いを生じさせたら無罪を勝ち取れる。大勢の犯罪者を有罪にしてきた裁判官と違い、裁判員の方々は慎重かつ保守的に判断するでしょうから。被告人はその可能性に賭け、好き勝手な弁解をするでしょう。これからは被告人質問での嘘が増えると思われます」

19

次に証人として呼ばれた人物を目の当たりにした田丸は、神無木を横目で見やった。

「貝塚さんの取り調べは彼が？」

「ああ」神無木が小さくうなずく。「見事に落とした」

警視庁捜査一課の捜査官、獅子堂は、中肉中背の体躯《たいく》をグレーの背広に包んでいた。五分刈りの黒髪と岩盤を削ったような顔により、犯罪者を杭打ち機で貫く豪傑に見える。

獅子堂が証言席に座ると、三笠検察官は基本に忠実な主尋問を行い、逮捕と取り調べの正当性を聞き出し、捜査資料を掲げて貝塚忠の法廷での供述の矛盾を取り上げた。

「あなたはイライラを被告人にぶつけましたか？」

「とんでもありません」獅子堂は首を振った。「刑事は被疑者がどんなに狡猾《こうかつ》でへらへらしていても、冷静に対応し、話を聞き出さなくてはいけません。声を荒らげるのも厳禁です」

「冷静な取り調べを心掛けたんですね」

「はい。私は相手の人格を尊重し、刺激的表現や差別的表現を避けました。ただ、相手が『証拠さえなければしらを切る』という態度だったため、信頼を築くまでに苦労はしましたが」

「取調室で『人間のクズめ』と責め立てましたか」

人間のクズめ、の部分は感情を込めず、悪印象を避けていた。獅子堂が呆れたように答える。

「ありえませんよ。警察署では取り調べの監督制度が実施されています。違法行為がないか監督官に抜き打ちでチェックされるんです。非人道的な取り調べをしていたら、大問題になっています。被告人はこの制度を知らないから、平気で違法な取り調べを受けたとでっち上げたんでしょう」

磯山ゆう子殺しの被疑者として前島純一を取り調べた獅子堂は、任意同行段階にもかかわらず、彼をかなり手厳しく責め立てていた。あの様子を見ていると、貝塚の供述もあながちでたらめとは断じられない。

「あなたは一度でも注意されたことがありますか」

三笠検察官が訊くと、獅子堂はきっぱりと答えた。

「ありません。一度たりとも」

「警察官として何人ほどの被疑者を取り調べてきましたか」

「六百人以上です」

「自白の任意性が疑われ、法廷に呼び出されたことは？」

「一度もありません。今回がはじめてです」

巧妙な証言の引き出し方だと思う。

実際に大勢を荒っぽく取り調べていても、その過程で無実が判明した人間は釈放されるので裁判にならないし、大多数の者は実際に罪を犯しているので、量刑に影響があっては困るから素直に自白内容を認めて情状酌量を求める。弁護士は自白の任意性を争っても勝ち目がないので大抵は泣き寝入りする。

結果、捜査官はほとんど法廷に呼ばれない。

「警察は適法適正な捜査、取り調べを行ったんですね」

「当然です」

「その結果、どうなりましたか」

「殺人を認めました。自白したんです。『ブラックな職場で搾取されている人間として悪徳企業が嫌いだった。だから、そういう企業や店を標的にして爆弾騒ぎを繰り返した。ビューティー・ネロの大爆発も、自分が爆弾を作って届けた』と答えたんです」

竜ヶ崎が立ち上がった。

「弁護人から質問します」

獅子堂は両拳を握り固め、警戒心を剝き出しにしていた。卑怯な戦法で攻撃されても怯《ひる》むつもりはない、とでもいうように。

竜ヶ崎弁護士はどう攻めるつもりなのか。

田丸は興味深く成り行きを見守った。

弁護士にとって、警察関係者は最も頑固な〝敵性証人〟だ。貝塚に対する言動を具体的に挙げて問いただしても、認めることは決してない。言った言わないの水掛け論になる。密室でのやり取りに証拠はないからだ。

「取り調べ初期に警察が獲得しようとした供述は何ですか？　『僕がやりました』という自白以外で答えてください」

「……まあ、犯行時の感情とか、犯行後の行動とかです」

「それは犯行の自白後に訊くディテールでしょう？　自白の前に警察が貝塚さんから獲得したかった供述を答えてください」

獅子堂は口をつぐみ、人差し指でこめかみを揉みほぐした。何を馬鹿げたこと言っているんだ、と言いたげに首を傾げる。

「犯行の自白以外に必要なことがありますか？」

「犯行の自白の獲得が最大の目標だったんですね？」

「当然ですよ。自白を得たら万事解決ですからね」

「なるほど。つまり『僕がやりました』という〝たった一言〟を得るためだけに毎日十時間、二十日にわたって取調室で貝塚さんを責め立てたんですね」

獅子堂は眉を顰めた。証言台の上の拳が震えている。

「貝塚さんに同情しますよ。『僕がやりました』と言わなかったために合計二百時間、『僕がやりましたと言え！』と責められ続けたわけですからね」

「いや、私は――」

「犯行の自白獲得が最大の目標だったんでしょう？」

「別にそれだけを追求していたわけではありません」

「では他に何を訊いたんですか？」

獅子堂は再び黙り込んだ。一分、二分――。

「ところで……」竜ヶ崎は言った。「被留置者出入簿によると、毎日朝九時から昼十二時、昼一時から夜八時まで取り調べたとあります。一日十時間は長すぎでしょう？」

実際はもっと長く取り調べたのではないか。留置係が被留置者出入簿に虚偽の記載をするケースはしばしばある。留置係と捜査官は管理部門が違うから便宜を図ることはない、という警察の言い分は建前だ。実際、捜査官が頼めば、ある程度は融通が利く。

獅子堂は苛立ったように答えた。

「強情にしらばくれるので、まあ、多少は長く取り調べました」

「自白までの二十日間、毎日取り調べていますよね？」

「必ずしも十時間取り調べたわけではありませんが」

「私が問題にしているのは『毎日』という部分です。貝塚さんの自白は二十日目ですが、作成されている調書は三日分だけです。後の十七日分はどうしました？」

供述調書は取調官が纏《まと》めたものだから、被疑者の言い分の大半は記載されない。否認中は調書も作られないことが普通にある。

「捜査側に有利な調書だけ作成したんでしょ？」

「とんでもない。記載することが何もなかっただけです」獅子堂は皮肉っぽく言った。

「あなたが黙秘を勧めたからです。被告人は何も喋ってくれなくなりましてね」

「私が黙秘を勧めたのは、『僕がやりました』と口にするまで強迫や利益誘導や嘘に満ちあふれた尋問で責められるからです。『僕はやっていません』と答えたら取り調べをやめましたか？」

「いえ。しかし――」

「やめなかった。結構です。黙秘は被疑者の権利ですよね」

「え、ええ」

「日本国憲法と刑事訴訟法で認められた権利ですよね」

「ええ、まあ」

「ふむ。黙秘の権利を行使した貝塚さんを密室に監禁し、連日供述を強制したわけですね」

　獅子堂が身じろぎした。

「取調官が黙ったまま十時間も座っているわけがないですよね」

　反対尋問はパズルに似ていると思った。裁判員に見せたい絵――自分たちに有利になる絵――を決めると、証人にその絵のピースを一つずつバラバラに渡していく。証人が絵の輪郭を悟ったときには、もうパズルが完成し、全員の目に映っている。

「一言も喋らない貝塚さんを閉じ込め、さあ喋れ、自白しろ、と責め続けたんでしょう？」

「黙秘した被疑者に質問もできないなら、逮捕された犯罪者は全員黙秘すれば取り調べを免れることができます。そうなれば、誰一人自白なんてしませんよ」

「自白偏重主義が冤罪を生むんです。大事なのは物証ですよ。獅子堂さん、あなた、耳はいくつありますか？」

「は？　二つに決まっているでしょう」

「一体いくつあれば無実を訴える人間の叫びが聞こえるんです？」

「異議あり」三笠検察官がさすがに抗議した。「証人を不必要に侮辱しています」

裁判長が「弁護人、尋問は節度を持って」と注意する。

竜ヶ崎弁護士が「失礼しました」と辞儀をしたとき、獅子堂が言った。

「私は犯人を少し厳しめに取り調べただけです」

「貝塚さんは誠実で真面目で無実の人間ですよ」

「あなたは職務なのでそう言うでしょうね。弁護士ってのは、心の中の真実とは正反対の台詞を臆面《おくめん》もなく吐きますからね」

「うーん、たしかにそうかもしれませんね。獅子堂さん、あなたは本当に正義感が強い誠実な刑事ですね」

一拍置いてから意味を悟ったのだろう、獅子堂が舌打ちした。

「……抜き打ちのチェックがあるのに違法な取り調べなんてできませんよ」獅子堂は法壇を見やった。「そうでしょ、皆さん?」

「裁判員に話しかけないでください。偽証するなら私にどうぞ」

獅子堂は弁護人席に向き直った。

「私は違法な尋問は一切していません」

「裁判長。〝違法な尋問は一切していない〟という証言は偽証だそうです。偽証罪を適用してください」

裁判長が「弁護人!」と咎める。

「失礼」竜ヶ崎弁護士は質問を変えた。「貝塚さんの調書を書いたのは誰ですか?」

「巣鴨《すがも》巡査です」

「文筆の専門家が記したわけではないんですね。そもそも、警察官に文章を書く能力があるとは思えませんが。巣鴨巡査は文章修業をしました?」

「調書作成を担当する警察官なら国語力はあります」

「まあ、日本語は書けるでしょうね。中学生になる私の従兄弟は小説教室に通っていますが、正直、その巣鴨巡査より文章力や構成力があると思いますよ」

竜ヶ崎弁護士が誘導しようとしている先が見えない。尋問の中に今度はどのような罠を仕込んでいるのだろう。

田丸は、彼の弁護術に引き込まれている自分に気づいた。

獅子堂は憤慨したように答えた。

「中学生に劣るようじゃ、書類は何一つ書けませんよ」

「なら仮に小説で勝負したらどうです？　警察官の作品なんて素人の落書きレベルでは？」

「とんでもありません。立派なものが書けるでしょう。警察小説ならきっと一級のものが書けますよ。巣鴨巡査の文章力は特に優れていますから」

竜ヶ崎弁護士は口元を緩め、話を変えた。

「法廷は真実を明らかにする場ですよね？」

「当然です」

「その法廷ではやり取りが記録されますね？」

「ええ」

「公判記録は質問形式で一字一句正確に記されますね？」

「ええ」

「しかし供述調書は質問形式ではありませんね？」

獅子堂は言葉に詰まった。

「被疑者の一人称で捜査官が書いた捜査官の作文ですね？」

「……作文という言い方には語弊があります」

「何年か前には、目撃者に白紙の調書にサインさせ、後で内容を好き勝手に記して供述をでっち上げた刑事もいましたよね」

「……どんな世界にも法から逸脱する人間はいます。教師が全員ロリコンの性犯罪者というわけではないでしょう？」

竜ヶ崎弁護士は曖昧に首を動かし、言った。

「ところで、小説には悪人が登場する作品も多いですよね？」

「は？　まあ、そうじゃないですか」

「その場合、悪人は作者の創作人物ですよね？」

「モデルがいないかぎりそうでしょうね」

「作者が悪人に見えるように書いたから、読者はその人物が悪人だと感じるわけですよね？」

「まあ、そうでしょうね」

質問の種類を次々と変えるのは、尋問の着地点を見抜かれにくくするためだろう。矢継ぎ早に畳みかけられると、意図を推測して論理的な嘘を考える余裕と時間がない。だから正直に答えるしかない。

竜ヶ崎は納得したという顔でうなずき、言った。

「あなたの一連の証言を纏めると、こういうことですね。『小説の作者は、悪人を作りたければ巧みに文章を並べて読者に〝彼は悪人だ〟と感じさせることができます。そして、小説を書く能力が非常に高い巣鴨巡査が貝塚さんの一人称で調書を書きました。公判記録は質問形式で一字一句正確に記すので真実が記載されていますが、調書は巣鴨巡査が類い稀な文章力を駆使して作文したものです』」

「違います。全く違います」獅子堂は声を尖らせた。「それではまるで――まるで巣鴨巡査が真人間を悪人に仕立て上げるために創作したように聞こえます。不愉快です。腹立ちすら覚えます」

竜ヶ崎弁護士は同意するようにうなずいた。

「そうですよね。たしかに私は卑怯な纏め方をしました。自白調書を作られた貝塚さんも、今のあなたと同じ気持ちでしょう」

20

裁判所から出ると、田丸は肩の力を抜いた。

竜ヶ崎弁護士は巧みな尋問技術で法廷を支配していた。最後は傍聴人も裁判員も息を呑んでいる様子が伝わってきた。今回は六番の裁判員も質問を放つ余裕はなかったらしく、おとなしくしていた。

「……やられたな」

神無木が悔しそうにつぶやいた。

「え？」

「心証は弁護側に傾いてた」

神無木は検察側の目線で傍聴していたから、そういう感想になるだろう。

「……そうですね」

「印象操作で有罪が引っくり返るなら、もはや喜劇だよ」

「しかし、無実なら正しいことです」

「本当に無実なら——な。お前はそう思ってんのか？」

「分かりません。ただ、今回の連続殺人が『新宿ブラック企業爆破事件』絡みなら、別の真相が隠れているかもしれません」

「だな。とりあえず——」

神無木が答えようとしたとき、彼が急に言葉を切った。

「どうしました？」

「電話だ」

神無木は懐からスマートフォンを取り出した。

「もしもし。あ、すみません、法廷内にいたものですから。はい。はい。大丈夫です。はい……はい……」

相槌のたび、神無木の顔と声に緊張が混じっていく。

田丸は電話が終わるのを待った。

やがて、神無木はため息を吐きながら電話を切った。眉が寄り、唇が強く結ばれている。

「どうしました？」

「……所轄の捜査官からだ。バレたら大目玉だな。実は無理を言って裁判員落選者の件、調べてもらったんだ。三笠検事と親しいベテラン捜査官を知っているんで、手を回した」

「何が分かりました？」

「落選者の住所氏名を教えてもらって、無事かどうか一人一人確認してくれた」

「そうでしたか。ありがとうございます。それで？」

「……落選者たちは無事だそうだ」

「え？　他に犠牲者はいなかったんですか？」

「そのようだ」

三人目、四人目がいれば決定的だと思っていた。殺人被害者二人が『新宿ブラック企業爆破事件』の裁判員落選者だったのは偶然だったのか？　それとも、これから新たに誰かが狙われるのか。

「私は――間違っていたのかもしれません」

田丸は下唇を嚙み締めた。

「答えを出すのはまだ早いぞ。情報によると、全落選者が無事だったらしい」

「は？」

意味が分からなかった。磯山ゆう子も内村佳樹も、裁判員選任手続に参加して落選していたはずだ。それは間違いない。

落選者全員が無事――ということがあるだろうか。

「どういうことだと思う?」

神無木は摩訶不思議《まかふしぎ》なことに遭遇したかのような顔をしていた。

田丸ははっとした。

「……見落としていただけで落選者は他にもいます」

「本当か?」

「竜ヶ崎さんの話をよく思い出してください」

神無木が「あっ」と声を上げた。

当日、裁判員になれない理由を説明して辞退が認められた市民と、検察側と弁護側が不適格として除外した市民がいる。磯山ゆう子と内村佳樹はそのどちらかだったのではないか。

「竜ヶ崎さんを待ちましょう」

閉廷したのだから彼も長居はしないだろう。

竜ヶ崎弁護士が裁判所を出てきたのは、十五分ほど経ったときだった。

田丸は彼に歩み寄った。竜ヶ崎弁護士は意外な顔もせず、言った。

「どうやら大事な話がありそうですね」

「はい」田丸はうなずいた。「単刀直入に言います。『新宿ブラック企業爆破事件』の選任手続について、話を聞かせていただく必要がありそうです」

前回と同じく守秘義務を理由に断られると思っていた。

だが――。

竜ヶ崎弁護士は慎重な顔つきで答えた。

「……そのようですね。僕の手持ちのカードを提出します。僕の事務所へ行きましょう」

タクシーで移動中、田丸は助手席の竜ヶ崎弁護士に話しかけた。

「竜ヶ崎さんはどうして本件を？」

運転手の耳があるので、捜査や裁判の内容に踏み込んだ話はできない。当たり障りがなく、そして無関係でもない話題を選択したつもりだった。

竜ヶ崎弁護士とバックミラーごしに目が合った。

「……僕は報酬額の大小ではなく、関心を持った依頼を中心に引き受けています。本件も同じです。注目の事件なので、手弁当でも手を挙げる弁護士が大勢いるかと思ったんですが、世間の反感を買うのをためらったのか、僕だけでした」

「冤罪だと確信がありますか？」

「あります」

運転手を気にして答えを控えるかとも思ったが、竜ヶ崎弁護士は躊躇なく答えた。

タクシーが到着すると、『竜ヶ崎法律事務所』へ移動した。こぢんまりしたビルの二階にあった。法律書が収められたガラス張りのキャビネットが片隅に設置され、中央にはガラス製テーブルを挟むように革張りの二人がけソファがある。

向かい合って座ると、竜ヶ崎弁護士が口を開いた。

「僕が知っていることなら何でも話しますよ」

神無木が不審そうに眉を寄せた。

「急に協力的になりましたね。一体どういう風の吹き回しですか」

「必要性があれば誰とでも協力しますよ」

「必要性とは？」

「……今回の裁判の落選者が被害に遭っていたという話、僕のほうでも改めて調べてみたんです」

「何か分かったんですか」

「はい」竜ヶ崎弁護士はデスクの引き出しを開け、クリアファイルを取り出した。「候補者の氏名が書かれています。調べると、聞き覚えがある名前がありました。『磯山ゆう子さん』『内村佳樹さん』」

神無木の顔の真剣度が増した。

「……被害者二人の名前ですね」

「そうなんです。以前、お話を伺ったときは、僕自身、事態を把握していなかったので、何もお話しできませんでした。被害者二人のお名前を聞いても、選任手続に参加していたかどうか記憶になかったので。警察の方が聞き込みをして突き止めた話ですし、候補者だったのは事実なんだろう、と思った程度でした。でも、あの後、手帳を読み返して、被害者二人の名前を見つけたとき、これはただ事ではないと感じました」

やはり、二人は『新宿ブラック企業爆破事件』絡みで殺されたのだ。

田丸は確信を強めた。

「被害者は選任手続で辞退が認められた方ですか。それとも――」

田丸は訊いた。

「弁護側が除外した候補者です」

弁護側が――？

どういうことだろう。

「選任手続の様子を聞かせていただけますか」

竜ヶ崎弁護士はうなずくと、話しはじめた。

竜ヶ崎は裁判所に入った。服装はダークグレーのスーツ、紺色のネクタイ、アイロンをかけて皺一つないシャツ――。裁判員に清潔感と誠実感を与えるための格好だった。

建物の中は大勢の人であふれていた。受付のバインダーで開廷表を確認している者、掲示板を見ている者、エレベーター待ちをしている者、キョロキョロしながら行き先を探している者——。

質問手続室に入ると、幅広の机の先に三人の裁判官、左側に三笠検察官、片隅に書記官が座っていた。

竜ヶ崎は右側の椅子に腰を下ろした。

九時半になると、待機室で質問票に答え終えた裁判員候補者たちが十人ずつ現れた。集団質問だ。

私的な事情で裁判員になることが難しい候補者は、すでに別室で裁判長に事情を話している。プライバシーの観点からそれは個別に行われる。

竜ヶ崎はクリアファイルを開き、候補者の名前を確認した。裁判員法第三十一条一項により、弁護人と検察官は、呼び出された者の氏名を二日前までに知ることができる。

候補者が提出した質問票の写しを見た。

『被告人または被害者と関係があったり事件の捜査に関与するなど、この事件と特定の関係がありますか?』

『家族や身近な人が犯罪被害にあったことがありますか?』

犯罪被害を経験している者は、当然、厳罰指向になる。弁護側としては好ましくない裁判員だ。

裁判長が基本的な質問を終えたとき、一人の青年が挙手した。『どうぞ』の言葉を待たずに立ち上がる。茶髪をブラシのように刈り込んでおり、狐目《きつねめ》が印象的だ。番号は八番。名前は伊勢谷周二《いせたにしゅうじ》。

「質問があります、裁判長」

「何でしょう?」

「裁判員制度そのものへの疑問です。裁判所は裁判員の安全についてどう考えているんですか?」

裁判長は若干顔を顰めた。

「裁判所はみなさんのために万全の安全対策を講じています。裁判員の氏名、住所などの個人情報は公にされませんし、裁判員に危険がおよぶような事件――例えば、暴力団絡みの事件などは裁判官だけで審理されます。何より、裁判官や裁判所職員が事件関係者から危害を加えられたような事件は、過去、ほとんど起きていません」

「詭弁《きべん》です」伊勢谷は言った。「ほとんど起きていないってことは、前例があるってことでしょ。国家権力の後ろ盾がない一般人は裁判官より危ないんじゃないですか? 第一、裁判のときに接点はなくても、後々、被告人やその関係者が近所にたまたま引っ越してきたり、将来、客や部下になったり、ありえますよね。そのとき『あっ、こいつ俺を有罪にした裁判員だ!』なんてことになったらどうするんです?」

彼の両脇に座っている候補者たちは困惑顔をしていた。不安そうにしている者もいる。

伊勢谷の勢いは止まらない。

「最高裁はＱ＆Ａでこう書いています。Ｑ『被告人に顔や身元を知られたりしても、危険はないのですか』。Ａ『裁判員や裁判員であった人やその家族を脅した場合はもちろん、困らせる行為をした者は厳しく処罰されることになっています』。法が禁じているだけで安全が保障されるなら、犯罪なんて起こりませんよね？」

彼の顔を眺めているうち、見覚えがあることに気づいた。隣人トラブルの民事裁判を引き受けたとき、法廷で対峙したことがある。六法全書片手に弁舌を振るっていた法律マニアだ。民事裁判では、弁護士を雇わずに素人が自分で裁判を闘える。

彼は専門的な書面の作り方が分かっておらず、裁判官から呆れ顔で説明を受けていた。

「まだあります。Ｑ『裁判員になって会社を休んだことで解雇されないか心配です』。Ａ『裁判員として仕事を休んだことを理由に、解雇などの不利益な扱いをすることは法律が禁止しています』。裁判員を理由に解雇したり昇進させなかったりするときは、誰だって別の理由をでっち上げますよ」彼は企業の役員の口調をまねた。「性差別、人種差別で解雇したのではありません。単に彼の能力が足りなかったからです」自嘲ぎみに苦笑する。「罪になるのを知りながら正直に本当の解雇理由を語る経営者なんて、一人もいませんよ。裁判で休んだことが理由で不利益を被ったかどうかなんて誰にも証明できません。なのに裁判所がどう守ってくれるんです？　どう責任を取ってくれるんです？」

裁判長は反論しなかった。法律の専門家ならもっともらしい論理で煙《けむ》に巻くことはできるだろう。たぶん自分の発言が裁判所を代表する見解だと誤解されたくないのだ。

伊勢谷は政治活動家よろしく、この場を自己主張の好機だと考えてやって来たのだろう。結局、攻撃的な口調で一方的に裁判員制度を批判し、裁判長から呆れたように「もう結構です」の一言を何度も貰ってから着席した。

裁判長は嘆息すると、左右を見た。

「竜ヶ崎弁護人、三笠検察官、何か質問は？」

三笠検察官が手を挙げた。

「では、私から」裁判員たちを眺め回す。「本件で起訴されている殺人罪は、死刑または無期もしくは五年以上の懲役に処すと定められています。有罪判決を下した場合、これらを前提に量刑を判断できますか？」

一番——轟光《とどろきひかる》という裁判員が答えた。二十五歳の男性会社員だ。

「は、はい。たぶん」

声には緊張が滲み出ている。

次に二番の越智曜子《おちようこ》——職業はウエイトレスだ——が「正直、面と向かって死刑を宣告できるかどうか、分かりません」と答えた。

三番の中沢剛——派遣で働いているという——は「裁判員に選ばれましたら、市民の義務をしっかり果たすつもりです。有罪無罪も量刑も、裁判をしっかり聞き、正しいと信じる判断をします」と答えた。

四番の磯山ゆう子は「できるかぎり頑張ります」と答えた。職業は商社勤務。

五番の酒巻計《さかまきけい》は、五十五歳の自称ブロガー。「死刑には反対です。ブログでも明確にそう主張しています」と言い切った。

八番の伊勢谷が「よく言った！」と拍手する。

六番の内村佳樹が「新宿の住人として、街を大混乱に陥れた犯人は許せません。しっかり罰を与えるべきです」と言った。整った顔立ちに怒りを湛《たた》えている。彼は歌舞伎町のホストだ。町への帰属意識が強そうだ。

七番の島袋春人《しまぶくろはると》は三十二歳のコンビニ店長。「仕事を長期間休むわけにはいかないんですけど、選ばれたらちゃんとやります」と言った。

伊勢谷は五分以上、赤面ものの綺麗事を吐き続けた。

九番の坂東綾乃《ばんどうあやの》は二十五歳の主婦だ。「あまり自信がありません……」と弱々しい声で答えた。

十番の仲田半蔵《なかたはんぞう》は定年退職した無職の六十一歳。「問題ありません」と答えた。

竜ヶ崎は全員の回答を手帳に走り書きした。

三笠検察官は検察側の視点から二、三の質問を重ねた。全員が順番に答えていく。

「竜ヶ崎弁護人は、何かありますか」

竜ヶ崎は「はい」とうなずき、候補者たちを見回した。そして――準備してきた質問をはじめた。

「一連の爆発事件の現場付近に居合わせたりしましたか?」

事前の質問票に記載してあったのは、『被告人または被害者と関係があったり事件の捜査に関与するなど、この事件と特定の関係がありますか?』という質問だ。

これでは不充分だ。

今回のケースは事件の性質上、目撃者が多い。起訴されている『新宿ブラック企業爆破事件』は、現場が現場だから大勢の人間が身近で体験している。現場——あるいはその付近に居合わせた人間が裁判員候補者の中に複数いても不思議はない。

間近で死の恐怖を体験した人間は、当然ながら厳罰指向に傾くだろう。弁護側に不利な裁判員となる可能性がある。

一番の轟光から順番に答えていった。

「事件に関してはニュースで観たくらいです。新橋に住んでいて、職場もそこなので、幸い遭遇することはありませんでした」

二番の越智曜子は「私は自宅にいました」と答えた。「仕事が休みだったので」

三番の中沢剛はきっぱり言った。

「新宿に行ったことはありません。他の爆発事件の現場にも居合わせませんでした。だから公平な判断ができると思います」

四番の磯山ゆう子はおずおずと質問した。

「あのう……爆発現場に遭遇していたら裁判員にはなれないんでしょうか?」

答えたのは裁判長だ。

「もちろんそんなことはありません。しかし、公平な判断が難しいと捉えられれば、除外されることはあります」

「今日は裁判員になりたいと思って来たんですが……」

「爆発現場に居合わせたんですか？」

磯山ゆう子は躊躇を見せながら答えた。

「……はい。普段は品川の商社で働いているんですけど、その日は有給を取っていて、新宿へ行っていたんです。買い物をしようと思って」

彼女は回想するように数秒目を閉じた。質問室に沈黙が満ちる。

竜ヶ崎は彼女が目を開けるのを待ってから、「続けてください」と促した。

「はい。買いたいものは数量限定の化粧品でした。それで、信号の先にあるコスメショップに行こうとしたんです。爆発騒ぎが起きたのはそのときでした。後ろのほうでボンって大きな音がして、振り返ったら建物から炎と煙が噴き出していて……もうびっくりしてびっくりして。慌てて逃げ帰りました」

当時の惨状を思い出したのだろう、恐怖が纏わりついた語り口だった。

磯山ゆう子は「あっ」と声を上げた。

「けが人を助けようとしなかったことは申しわけなく思います。でも、怖かったんです。ブラックな企業とかお店を狙った爆発事件が相次いでいるのはニュースで知っていましたし、近づいて二発目、三発目の爆発が起きたらどうしようって……」

三笠検察官が同情する口ぶりで話しかけた。

「あなたが負い目を感じる必要はありません。この平和な日本で爆弾テロは滅多にありませんし、怯えてしまうのは当然です。二次災害に遭わなくて何よりです」

爆弾テロ——か。

実際そのとおりなのだが、あえて強烈な単語を持ち出すことで、裁判員候補者たちにこれが大事件だと再認識させたのだ。心証の奪い合いはすでにはじまっている。

磯山ゆう子は救われたような、どこか媚びた笑みを浮かべ、軽く会釈した。

竜ヶ崎は訊いた。

「現場に居合わせたことは誰かに話しましたか?」

作り話で裁判員候補から外れようとする人間は少なくないので、実際に確認することはないにしろ、証明できる人はいますか、というニュアンスを込めて牽制してみたのだ。

「いいえ」磯山ゆう子は首を横に振った。「課長や部長のセクハラ・パワハラを人事部に訴えても握り潰すような会社なんで、私がそんな話をしても誰も心配してくれませんから」

話の信憑性を確認されるとは思いもよらなかったらしく、個人的な不満が飛び出してきた。

竜ヶ崎は「分かりました」と話を終え、彼女の発言を手帳に走り書きした。

死刑反対を表明した五番の酒巻計は、「特にありません」と答えた。

六番の内村佳樹は整った顔に険しさを宿している。

「俺は——目の前で見ました。あの大惨事を」

「お気持ちは察します」

竜ヶ崎は同情を示した。

「その日はアフターした女性と一夜を共にして、送った帰りにちょっと不動産屋を訪ねたんです。そうしたら向かいの建物で爆発が起きて、火達磨《ひだるま》になった人が駆け出てきて……。俺は駆けつけて上着で叩いて火を消したんです」

「……それは勇敢でしたね」

「自分にできることはしよう、とただただ必死だったんです」内村佳樹は恐れおののくようにかぶりを振った。「あんな光景は初めてです。まさに地獄でした」

七番の島袋春人は、「家や職場から新宿は遠いですし、他の爆発現場にも遭遇したことはありません」と答えた。

八番の伊勢谷は、労働者の人権をないがしろにする企業や店にも非はあるんじゃないか、と持論をぶった。現場には居合わせなかったという。

九番の坂東綾乃が言った。

「近くで爆発なんか起きたら平常心じゃいられませんよ。正直、遠くの出来事で胸を撫で下ろしたくらいで……」

十番の仲田半蔵は、厳めしい表情で答えた。長年の辛苦が染みついたような顔をしている。

「私は朝、たまたま事件に遭遇しました。直接の被害はありませんでしたが、薬局を出て駅へ向かおうとしたときです」

竜ヶ崎は再び手帳に書き留めた。

十人中三人――か。事件が事件だけに、想像以上の裁判員候補者が身近で体験している。

その後も十人ずつの集団質問を行った。他のグループには計二人いた。

全候補者の面接が終わると、竜ヶ崎は手帳を広げ、裁判員候補者の情報を見つめた。それぞれが質問に答えたときの言葉の選択、口調、仕草、態度が記されている。独自に十段階評価してあった。

極端な回答をしている者が四人いる。アメリカでは『私は人種差別主義者です』と答えるのが陪審員回避に最も効果的と言われているが、日本でも似たことを考える者はいるらしい。

法曹関係者のみで行われる選任手続がはじまると、検察側と弁護側が『理由を示さない不選任の請求』をすることになった。

弁護士と検察官は、理由を述べずに裁判員候補者を除外できる。基本は四人で、補充裁判員の数によって最大七人まで外せる。規則では交互に選ぶことになっていた。

検察庁は特定の人種や性別を排除して勝ちを狙うアメリカ式の選任方法を行わないよう注意を喚起していると聞いたが、実際は四割の裁判で検察側も権利を行使している。

「十八番」

三笠検察官は、躊躇せず検察側に不利な候補者を外した。

弁護側も負けてはいられない。残る候補者の中で絶対に外したいのは、裁判長相手に主張をまくし立てた八番の伊勢谷だ。検察側も外したいだろう。何を考え、どう動くか予想できない裁判員ほど不安なものはない。

だが、先に指名してはいけない。

竜ヶ崎は手帳を見ると、相手が除外しそうな候補者を予測した。検察側が外すつもりの人間を不選任請求したら、貴重な弁護側の権利を一つ減らすことになる。

「意外ですね。検察側には八番の方が邪魔かと」

竜ヶ崎は、彼は弁護側に有利な裁判員になるから外す気はない、という態度でつぶやいた。ポーカーと同じだ。手札が貧弱な場合でも、最高の役が揃っているふりで賭けに出る。

「弁護側は十番」

「検察側は十三番」

「四番」

「二十一番」

「六番」

「三十七番」

「四十一番」

弁護側は爆発現場に居合わせたと語った候補者の除外を優先した。正直言えば、発言が優等生すぎる三番の中沢剛の存在も少々気になるが……。

交互に除外していき、互いに最後の一人になった。

検察側が選ぶのは誰なのか。

三笠検察官は黙考していた。竜ヶ崎は無関心を装い、無言で手帳をめくっていた。

「検察側は……」三笠検察官は言った。「八番を外します」

駆け引きに勝った。竜ヶ崎は満足を顔に出さず、「三十九番」と答えた。弁護側に不利になるだろう最後の裁判員候補者だ。

裁判員候補者の選別には否定的な意見もあるが、検察側と弁護側が互いに外すことにより、バランスの取れた候補者が残る。

自分が忌避されたと分かれば気分を害する者もいる、という観点から、全員を残した状態でコンピューター抽選が行われた。そうすれば、単に抽選で外れたのか、忌避されたのか、本人は知らずにすむ。

抽選が終わると、当選者の番号が読み上げられ、職員が「選ばれなかった方は帰っていただいて結構です」と告げた。

裁判員六名、補充裁判員六名が決定すると、全員を一室に集め、職員が基本的な事柄——裁判の進行や推定無罪の原則、検察側の立証責任について説明した。十二人の一般人は真面目な顔で聞き入っていた。

「質問はありませんか?」

デパート勤務の女性が控えめに手を挙げた。

「あの、私、自分の判断が一人の人間の人生を奪うことになるかも、と思うと、責任が重すぎて耐えられない気がするんです」

彼女は選任手続のときも、人を裁く自信がないと答えていた。が、態度は真摯だった。公平な裁判をしてくれるだろう。

ニュースで犯罪の報道があるたび、外野の人間は安易に『こんな奴は死刑にしろ』と言い合う。他人が犯人の人生や命を奪ってくれるなら、容易に死刑賛成、厳罰主義の立場をとれる。しかし、実際に自分が一人の人間を——目の前に立つ一人の人間を裁かなくてはならないとしたらどうなのか。

本当の意味で被告人の人生と命の重さを考えるようになるだろう。裁判員制度の意義の一つはそこにあると思っている。

職員が女性裁判員に答えようとしたとき、三笠検察官が立ち上がり、割って入った。

「お気持ちは分かります。しかし、裁判員制度は一審だけです。仮にみなさんが有罪判決で死刑を選択しても、被告人は不満なら控訴できます。後は高等裁判所で裁判官三人が裁判をし、改めて判決を出してくれます。だから必要以上に重荷に感じないでください」

巧妙な弁舌だった。事実を説明しながらも、有罪判決や厳罰に躊躇しなくてもいい、と裁判員に印象づけた。弁護側が無実の証拠を提出しないかぎり、容赦なく有罪判決を出されるかもしれない。

「一ついいですか？」トラック運転手の男性が手を挙げた。「裁判員制度って、国民の意思を判決に反映させるとか、一般市民の常識を反映させるとか、そんなふうに言われていますけど、二審、三審が裁判官だけで判決を出すなら、意味ないんじゃないですか？　現にほとんど控訴されますよね？」

裁判官だけの審理を残してあるのは、法曹界が根底では裁判員制度を信用していないからとも言える。素人が一審でおかしな判決を出しても問題ないように、と。

三笠検察官は疑問に答えなかった。法務省の見解を語ると不利になる。それが分かっているからだろう。

「当然の疑問ですね」職員が答えた。「しかし、高等裁判所も裁判員の方々の出した判決を重視しますので、無意味ではありません」

裁判員たちの表情が引き締まった。こわばった者もいる。自分が間違った判決を出したとき、高裁の裁判官がそれを重視するなら責任は軽くならない――。そんな思いが頭に残っただろう。

竜ヶ崎は静かに息を吐いた。

依頼人を救えるかどうか、自分の手にかかっていた。

21

竜ヶ崎弁護士から選任手続の様子を聞かされると、田丸はしばし目を閉じて考えた。『新宿ブラック企業爆破事件』の裁判員落選者が二人殺された。しかも集団面接で同席していた二人が。

もう偶然では片付けられない。

田丸は目を開けた。

「貴重なお話、どうもありがとうございました」

「何か参考になりましたか?」竜ヶ崎弁護士が言った。「おそらく僕と同じ想像をされている気がするのですが」

田丸は神無木と視線を交わし、竜ヶ崎弁護士に向き直った。

「被害者二人は事件現場に居合わせました。爆発事件の犯人にとって都合の悪い何かを見たから――あるいは、見たかもしれないと疑われたから殺されたんです」

竜ヶ崎弁護士がうなずく。

「僕もそう思います」

田丸は思案した。

「……竜ヶ崎さんから伺った話を参考に、現場を見てみましょう」

三人で移動した先は新宿だった。標的となった『ビューティー・ネロ』の窓ガラスは修復され、壁も塗り直されている。一見して爆発の痕跡は見当たらない。事件からずいぶん経っているので、行き交う人々はもう日常を取り戻している。

だが、爆発の惨劇を決して忘れさせないものはあった。『ビューティー・ネロ』の片隅に置かれた献花だ。一年前の地獄に思いを馳せながら眺めていると、喪服姿の中年女性が現れ、新たに花を供えた。悲痛な面持ちで下唇を嚙み、手を合わせる。

遺影を持って傍聴していた女性だった。唇が小さく動き続けているのが見て取れる。身内の命が奪われた現場で何を語っているのか。憎しみか、無念か、後悔か。

田丸は振り返ると、竜ヶ崎弁護士に訊いた。

「先ほどのお話、候補者たちの説明は正確ですか?」

「はい。手帳に書き留めたので正確です」

「ふむ……」

田丸はコスメショップに目を留めると、歩きはじめた。

「竜ヶ崎さんによると、磯山ゆう子さんは『信号の先にあるコスメショップに行こうとした』と語りました。『ビューティー・ネロ』の直売店で、現場からの距離は約二十メートルの場所にありますね」

『ビューティー・ネロ』のビルとコスメショップのあいだには十字路があり、路面に横断歩道が描かれている。

田丸は横断歩道の途中で立ち止まると、直角に交わる通りを眺めた。

「たしか——ここですよね、貝塚忠さんが配送トラックを停めたと証言されていたのは」

「はい」竜ヶ崎弁護士が答える。「裁判前の記者会見でも話したんですが、報じてくれたメディアはありませんでしたね。犯人の言い逃れだと見なされたんでしょう。貝塚さんはここに配送トラックを停めて荷物を下ろしていました。そこで中年男性に絡まれたそうです。『箱、落とすなよ』と。指差された植込みの陰を見ると、段ボールの小箱が落ちていました。貝塚さんは覚えがなかったので、当然、知らないと答えたんですが、中年男性が『配達員が荷物を投げ落としたと言って、会社を炎上させてやるからな』とスマートフォンで撮影しはじめたので、仕方なく小箱を拾ったそうです。送り先も宛名もありませんでした」

「荒唐無稽に聞こえますね」神無木が言った。「でも、だからこそリアリティを感じます。言い逃れならもう少し説得力のある作り話をするはずですから」

「……僕もそう思います。彼は小箱を『ビューティー・ネロ』の前に放置して立ち去ったそうです」

その後は報道で知っている。放置された小箱を社員が自社内に運び込んだ結果、そこで大爆発が起きた。通称『炎上仕置き人』がそれまで死傷者を出さないように注意していたことを考えると、可燃物がたくさんある建物内に爆発物が運び込まれたのはアクシデントだったのではないか。

田丸はそう口にした。

「はい。だからこそ、僕は貝塚さんを無実だと思っているんです。建物の入り口の前に放置したら、大きな被害を引き起こす可能性が高いことは明白です」

「磯山ゆう子さんは、爆発直前、この横断歩道を渡り、コスメショップに向かっています。タイミングとしては、何かを目撃していた可能性がなかったとは言えませんね」

「そう思います」竜ヶ崎弁護士は悔しげに顔を顰めた。「僕がそこに気づいていれば、殺されずに済んだかもしれないのに……」

「選任手続の時点では難しかったと思います。大勢がその場に居合わせたわけですから、磯山ゆう子さんもその中の一人にすぎないと考えるのは無理からぬことです」

田丸は歩道から『ビューティー・ネロ』の向かいを見た。不動産屋の看板が目についた。

「内村佳樹さんが向かったのは、おそらくあの建物ですね」

「そうですね。通りを見るかぎり、不動産屋は向かいのあの一軒だけです」

「朝一番にやって来て爆発に遭遇したわけですから、タイミング的には彼も何かを目撃したかもしれません」

神無木が頭を掻き毟った。

「これで被害者二人の共通点は判明したな。二人が〝落選者〟だったのは偶然で、実際は現場に居合わせた人間が狙われた、ってことだ」

「……本当にそうでしょうか？」田丸は首を捻った。

「別の共通点があるって？」

「そうではありません。私が引っかかっているのは、二人が〝落選者〟だったのは偶然、という部分です」

「つまり？」

「実は集団面接の場にいた候補者の中に二人を殺した人間が存在したのではないか、と」

場の空気が張りつめた。

「待てよ。『新宿ブラック企業爆破事件』の目撃者を殺す動機があるのは、爆弾を仕掛けた真犯人だけだ。自分が起こした事件の裁判員候補にたまたま選ばれたってのか？偶然がすぎる。そんな可能性、何パーセントある？」

「奇跡的な可能性ですが、ゼロではありません。ゼロでないことは、どれほど可能性が低くても起こりうるということです」

「現場付近にいた目撃者を真犯人が殺している、って可能性のほうが高くないか？」

「〝成果〟を見守りたい真犯人がどこかから現場を眺めていたとしても、付近にたまたま居合わせた人たちの素性を調べ上げるのはほとんど不可能だと思います。一人であれば、尾行して住所を突き止めることも可能でしょうが、二人以上となれば、体が足りません。しかもあの爆発の大混乱の中ですし、尾行しようとしても見失ったでしょう。たとえば――」田丸は通りを歩いている適当な数人――グループではなく、赤の他人同士だ――をさっと指差した。「あの三人の素性を突き止めてください、といきなり言われて、果たして個人に可能でしょうか?」

交差点に差し掛かると、一人は曲がり、二人はそのまま真っすぐ進んでいく。そのうちの一人が途中でコンビニに入り、もう一人が地下鉄の階段を下りていく。

「たしかに無理だな。でも、たまたま選任手続で一緒になった人間の素性を知るのも大変だろ」神無木は竜ヶ崎弁護士を見た。「手続では個人情報は伏せられているでしょう?」

「もちろんです」

「思い出してください」田丸は言った。「被害者二人は集団面接の場で個人の特定に繋がりかねない発言をしています。自ら手がかりをちりばめてしまったんです。磯山ゆう子さんのケースでは、品川の商社で働いていることを明かし、課長や部長のセクハラ・パワハラを訴えたことも口にしています。彼女はSNSでその手の告発をしていましたから、関連の単語で検索すれば、彼女のアカウントが表示されるのではないでしょうか」

「そういや、彼女が勤める会社名はネットでバレていたな」

「内村佳樹さんは『新宿の住人』と自称し、『アフターした女性』という表現を使っています。ホストだと推測するのは難しくありません。彼は有名店のナンバー2ですから、ホストクラブを調べていけばすぐ捜し出せるはずです。店のホームページや、店の入り口の看板で写真も公開されています」

「二人の素性を摑んだ方法は分かった。だけど、ここまでするのか?」

「犯人の心理になってみてください。たまたま自分の裁判の裁判員候補になり、法廷に出向いたら、事件現場に居合わせた数人が同席していた。目の前の人間は何かを目撃しているかもしれない。裁判員候補に選ばれたことで事件に関心を持ち、ふと何かを思い出すかもしれない——。疑心暗鬼はそのときの心理状態でいくらでも膨れ上がるもので、そこに合理性は必ずしも必要ではありません。後ろめたいことがある人間の不安や被害妄想は暴走します」

「しかし、何かを目撃されたかもしれない、ってだけで二人も殺害するか?」

「死傷者の数を考えると、捕まれば死刑になります。爆発事件ですでに一線は踏み越えているので、今さら何人殺しても同じ——という思考回路ではないでしょうか」

「犯行を続ければそれだけ証拠を残すし、逮捕のリスクが増える」

「真犯人は、目撃者を消すほうが逮捕のリスクを減らせる、と結論付けたということです」

「歯止めがきかないなら危険だぞ。候補者の中にもう一人、現場に居合わせた人間がいたろ。たしか――」

「仲田半蔵さんですね」竜ヶ崎弁護士が続きを引き取った。「定年退職した六十一歳の男性です」

田丸は周辺を見回し、薬局に目を留めた。貝塚忠が配送トラックを停車させていたという通りにある。

「仲田半蔵さんは、『薬局を出て駅へ向かおうとしたときです』と話したそうですね。被害者二人よりも現場に近い場所に居合わせたわけです」

「つまり――」神無木が緊張を孕《はら》んだ顔で言った。「命を狙われる可能性があるってことだ。いや、もしかしたら最悪の場合、この二、三十分のあいだで――」

殺されている可能性もある。

「神無木さん」田丸は彼を見た。「仲田半蔵さんを訪ねましょう」

22

庭に松が植えられた一戸建てに着いたころ、もう夕日は沈み切り、夜の闇が一帯に広がっていた。樹木が黒い影になり、屋根より高くそびえている。

表札には『仲田』の文字。

田丸は神無木と顔を見合わせた後、チャイムを深く押し込んだ。夜の静寂に音が響き渡る。

手遅れでなければいいが……。

十秒、二十秒と門の前で待つ。

不安が夜の闇のように広がりはじめたとき、ドアが開いた。顔を出したのは白髪交じりの男性だった。

「何でしょうか」

田丸は警察手帳を提示した。

「新宿署の田丸です」

隣で神無木も自己紹介する。

男性の顔に若干の警戒心が生まれた。だが、竜ヶ崎弁護士が進み出て挨拶すると、「あっ」と声を上げ、表情を和らげた。

「あのときの弁護士さん……」

竜ヶ崎弁護士は軽く辞儀をした。

二人の反応で彼が仲田半蔵だと分かった。ひとまず、無事だったことに安堵する。

田丸は警察手帳をしまうと、メモ用の手帳を取り出した。

「少しお話を聞かせていただけませんか」

仲田半蔵は「はあ……」と怪訝そうにうなずいた。

「仲田さんは新宿の爆発現場に居合わせたそうですが」

「ええ、ぶったまげましたよ。まさか目と鼻の先であんな……」

「お気持ちはお察しします。普通に生きていれば、あんな惨事に遭遇することはありませんから」

「息子からは、日本も物騒になったな、なんて言われましたけどね。今どきの若い子は知らないだろうけど、七〇年代には『東アジア反日武装戦線』と名乗る極左集団が連続企業爆破事件を起こしました。日本がアジア侵略の元凶だとか、そういう主張を叫んで、侵略に加担したと見なした企業を標的にして……。あなた方は生まれていないので、実感はないかもしれませんが、私は同じ町に住んでいたので、戦慄《せんりつ》したものです」

日本国内のテロ――と聞けば、一九九五年の地下鉄サリン事件を思い浮かべる人々が多いだろう。

企業連続爆破事件――か。

そういえば過去の重大事件を調べたときに知ったな、と思い出す。一九七四年の三菱重工爆破事件では八名が死亡し、四百人近い重軽傷者が出たはずだ。その後も一年近く、爆破事件は続いた。

一昔前は世界から〝平和ボケ〟と揶揄《やゆ》された日本でも、人々を震撼させる大事件はしばしば起きている。

「お怪我がなく、何よりでした」田丸は言った。「現場で何か不審なものを見たりはしませんでしたか？」

　仲田半蔵は首を捻った。

「不審――というのは？」

「……分かりません。たとえば、爆発の前、挙動不審な人物など、目にしていませんか」

「うーん、そう言われても……特に何かを見た記憶はありませんよ。普通に歩いていたら、いきなり、ドンッ、です」

　神無木が「落ち着いてよく思い出してください」と言った。

　仲田半蔵はしばらく困り顔でうなった。だが結局、目撃証言は何も出てこなかった。

「お力になれずすみません。あの犯人が無罪になりそうなんですか？」

　神無木が「え？」と聞き返した。

「いや、今ごろ新証拠が欲しいってことは、そういうことなんでしょう？」

　現段階で冤罪の可能性を吹聴はできず、「単なる捜査の補足です」と言葉を濁すしかなかった。

　だが、仲田半蔵は――。

「あっ、でも、有罪を固めたいなら弁護士さんが協力しているのは変ですよね。まさか、無罪の証拠探しですか？」

　なかなか鋭い。

変に隠し立てはしないほうがいいかもしれない。

「正直なところ、断定はできません。しかし、真犯人が野放しになっている可能性があり、仲田さんが何かを目撃したと思い込んでいる危険性があるのです」

「は？　まさか、私の身が危ないと？」

田丸は慎重にうなずいた。

「いやいや、私は何も見てませんよ。本当です」

「それは真犯人に分かりませんから」

「勘弁してくださいよ。警察は守ってくれるんですよね？」

「要請はします」

「〝は〟って何ですか、〝は〟って」

「すみません。真犯人が野放しになっている可能性に関しては、私の個人的な推測で、警察組織としては全く考えていないんです。ですから、所轄の警察署がどれくらい人手を割いてくれるか、動いてくれるか、未知数です。私たちもできるかぎりのことはしますが……」

仲田半蔵が深々と嘆息した。

「不安を煽るだけ煽ってそんな無責任な……」

「申しわけありません。私たちも真犯人がいるなら逮捕したいと考えています。先日の裁判員裁判の選任手続後、誰かから不自然な接触は受けませんでしたか」

「漠然としていますね……」

「たとえば、選任手続で同席していた裁判員候補者とか」

「いや、記憶にありませんねえ」

「裁判所を出てから話しかけられたりは？」

「あの日は、裁判員に選ばれなかったんで、安心して、妻に『今から帰る』とメールして帰宅しました。特に誰とも話さなかったと思います」

「……そうですか。ありがとうございます」

田丸は落胆を押し隠したまま辞儀をした。

23

竜ヶ崎弁護士と別れた後、神無木が所轄署に掛け合ってくれたものの、爆発現場に居合わせたというだけでは仲田半蔵の警護は難しく、巡回を増やすのが精々だと言われた。事情を明かせないままの頼み事だったから仕方がないとはいえ、残念だ。

自分たちが二十四時間張りつくわけにもいかない。内村佳樹の事件で捜査本部から割り当てられている任務がある以上、長時間の独断行動は許されない。

捜査本部を何とか説得するしかない。

翌日の夕方になると、捜査会議が開かれた。内村佳樹を殺害した被疑者として名前が挙がっている不動産屋社長の動向など、捜査の進捗《しんちょく》が報告されていく。

隣の神無木が「報告するぞ」と囁いた。田丸は覚悟を決め、うなずいた。

「他には？」

警視庁捜査一課の管理官が会議室内を見回す。

神無木が手を挙げた。促されてから立ち上がる。一呼吸置き、切り出した。

「本件が連続殺人である確証を摑みました」

最初からインパクトのある一言を口にした。遠回しな報告では興味を持ってもらえないからだろう。

案の定、会議室はざわついた。

「また戯言《たわごと》じゃないのか？」

管理官の不審な眼差しが注がれる。

「いえ。本件は管内で発生した磯山ゆう子殺しと関連があります。そして――審理中の『新宿ブラック企業爆破事件』とも無関係ではありません」

「『新宿ブラック企業爆破事件』は警察の手を離れている。後は検察の仕事だ」

「違います。裁かれている貝塚忠は冤罪です。真犯人が野放しになっています」

「滅多なことを言うな！」管理官の怒声が飛ぶ。「連続爆発事件は収束した。貝塚忠の逮捕によって。自白もある」

「自白は――追い詰められた貝塚忠が平静を失い、意に反して行ったものです」

「まさか自白の強要があったと言っているのか?」

神無木は答えなかった。慎重になっているのだろう。

法廷で貝塚忠と獅子堂の証言を聞いたかぎり、その可能性は否定できない。しかし、捜査官が同僚の強要を安易に認めてしまうわけにはいかない。

誰かが舌打ちした。

目を向けると、獅子堂だった。睨みつけるような眼差しを神無木に突き刺している。

「貝塚は俺が落とした。奴が犯人だ。間違いない。公判の真っ最中に——しかも世間が注目している今、冤罪だと騒ぐのか? 田丸に感化されて無用な騒動を起こす気か?」

「真犯人が野放しになっているなら見逃せない」

神無木が言い返すと、一触即発の空気が流れた。

「落ち着け!」管理官の一喝が飛ぶ。「連続爆発事件は、貝塚の逮捕を境に起きていない。それこそ、貝塚が犯人だった証拠だろう」

「……いえ、必ずしもそうとは言えません。それまでの事件は、大惨事にならないよう、被害者を出さないよう、目立たない場所に爆発物を仕掛けていました。『ビューティー・ネロ』の大爆発は、犯人も想定外のアクシデントでした。本来はあんな被害を出すつもりではなかったはずです」

「だから何だ?」

「自分のしでかした結果に恐れおののき、犯行をやめたんです。それまでは逮捕されたとしても重い罪にはなりませんでしたが、多くの死傷者を出したことで、死刑に値する事件になりました。この状態で犯行を続けるのはリスクが高すぎます」

管理官がうなりながら腕を組むと、神無木は言った。

「内村佳樹殺しと磯山ゆう子殺しは繋がっています」

「手口が違う」

「共通点を見破られたくない犯人が意図的に変えたんです」

「手口の変更はリスキーだ」

「リスクを冒してもそうするだけの動機があったんです。通常の連続殺人ではなく、本件は口封じです」

「口封じ？」

「はい。被害者二人は『新宿ブラック企業爆破事件』の裁判員選任手続に出席し、集団質問で同席していました。そして——爆発現場に居合わせた、とその場で答えています」

捜査官たちのざわめきが大きくなる。

「冗談だろ」

「さすがにそれは——」

「見過ごせないぞ」

周囲から囁きが耳に入ってくる。

そう、もはや厄介者の捜査官への反感や嫌がらせでは看過できない事態に至っている。偶然では決して片付けられないほどの状況証拠が集まっている。

「二人は何かを目撃していたのか?」

管理官が訊く。

「殺されている以上、それは分かりません。二人が選任手続の場で語った話を聞いたかぎりでは、決定的な情報は出ていませんが、爆発の直前にどの辺りにいたかは判明しています。犯人からしてみれば、何かを目撃されたかもしれない、と疑心暗鬼に陥るには充分です」

「ちょっと待て。もしかして――」

「はい。真犯人も集団質問の場にいて、被害者二人の話を聞いていたと考えています」

「そんな偶然あるのか?」

「あったからこその現状です」

神無木は即答した。

管理官の疑問は当然で、実際、偶然にしては出来すぎている。新聞社発表のデータによると、裁判員に選ばれる割合は、東京都内で約五千人に一人。〇・〇二パーセントだ。確率は低い。しかも、自分が犯した事件の裁判員候補に選ばれるとしたら――宝くじに当たるようなものではないか。

しかし、状況証拠を見るかぎり、それが起こったとみなすしかない。

管理官は深々とため息を漏らした。

「で、集団質問の場にいた候補者は分かっているのか?」

田丸は膝の上でぐっと拳を握り締めた。

捜査会議の流れが変わった——。

「はい」神無木は手帳を開くと、候補者たちの名前を読み上げていった。「その中の仲田半蔵さんは、被害者二人と同じで爆発現場に居合わせた男性です。犯人に狙われる恐れがあります」

「……まだ無事なのか?」

「はい。昨夜、自宅を訪ねて安否は確認しました。今日の夕方にも電話で無事を確かめています」

「まだ襲われていないんだな?」

「一刻も早く警護をつけるべきだと思います。張っていれば真犯人が現れる可能性があります」

管理官が渋面になった。

「現場に居合わせながらまだ襲われていない——。むしろそれは不審点だろう」

「え?」

「他の二人は早くも殺されている。それなのにまだ無事。不自然とは思わないか?」

「まさか——仲田半蔵さんを疑われているんですか」

「可能性を排除はできんだろう。犯行時刻に現場にいたということは、爆弾を仕掛けることができる」

「それは――」

神無木が当惑した顔でちらっと視線を寄越してきた。意見を求めるように。

仲田半蔵が真犯人――？

合理的に考えてその可能性は低いと思う。選任手続は質問に自己申告で答える場だった。事件との接点について嘘をついてもバレることはなかった。犯人ならば現場にいたことを隠すだろう。だが、仲田半蔵は特に気にせず、爆発を目撃したと語った。

神無木は助け船を諦め、自分の意見を主張しはじめた。

田丸は小さく息を吐いた。

ただ、管理官の疑問ももっともだ。

仲田半蔵はなぜ襲われていないのか。もちろん、三人を順番に口封じするつもりで、これから彼を襲う計画なのかもしれない。しかし、どうにも釈然としない。

爆発物が仕掛けられた場所に最も近い位置にいたのは、仲田半蔵だ。もし候補者の中に真犯人がいて、彼の話を聞いていたなら、真っ先に口封じしなければならないと考えるはずだ。それなのに三番目に残している。

残さざるを得なかった理由があるのか？

たとえば、仲田半蔵の住所氏名だけ分からなかったとか。竜ヶ崎弁護士の話を思い出してみると、磯山ゆう子と内村佳樹は集団質問の場で〝身バレ〟に繋がる手がかりを口にしてしまったが、仲田半蔵は違う。

その場で話を聞いていたなら、他の二人より〝優先順位〟が高いことは明白だった。真犯人としてみれば、三人の中で唯一素性を知る手がかりがない仲田半蔵を尾行し、住所を突き止めたかったはずだ。あるいは、同じ裁判員候補者だったよしみとして近づき、世間話の体《てい》で名前や職業など、情報を引き出すか。

何かを目撃したかも分からない二人を殺すほどなのだから、そのくらいの行動はするだろう。

しかし、犯人はそうしていない。行動していたならば、今ごろ仲田半蔵は殺されている。

なぜだ？

なぜ？

真犯人には仲田半蔵を尾行——または接触——する機会がなかったのではないか。

なぜなら、真犯人は裁判員に当選したから。

そう考えれば辻褄《つじつま》は合う。

抽選が終わると、当選者は裁判員裁判についての説明を受け、そのまま第一回の審理がはじまる。つまり、裁判員に選ばれたら落選者に接触する時間的余裕がない。

真犯人は裁判員の中にいる。おそらく、誤認逮捕で裁かれている貝塚忠を有罪にしようとしている。判決が確定すれば事件は終わり、自分はもう安泰だと考えているのだろう。

集団質問で最初のグループにいて裁判員に選ばれているのは——ただ一人。中沢剛。

おそらく法廷の六番だ。彼は検察官のように証人に質問し、弁護側の主張を崩そうとしていた。裁判員にも質問の権利があるとはいえ、物怖じもせず、積極的すぎた。

田丸は自分の推理を主張しようと立ち上がった。管理官の険しい目が向けられる。

「何だ」

嫌悪と敵意が隠しきれない眼差しと口調だった。

どう切り出せば説得できるだろう。今までのように自分の推理を開陳しても反発され、切り捨てられるだけなのではないか。それこそ、敵愾心だけであえて〝逆張り〟されている気すらする。右と言えば左、左と言えば右——。

くだらないプライドだと思う。

最優先すべきなのは犯人逮捕ではないか。

だが——。

自分はどうなのか。真犯人逮捕のために己を殺せるのか。そうしなければ真犯人が逮捕できないとしたら——。

田丸は下唇を嚙み、足元を睨みつけた。エゴを捨てさえすれば真犯人を逮捕できる。

顔を上げ、管理官を見返した。

「……真犯人は集団質問の場で、標的に目をつけたはずです。私は仲田半蔵を疑っています。徹底的にマークすべきです。彼が犯した過ちは一つ」田丸は人差し指を立てた。「別にアリバイ確認ではなかったのだから、犯行時刻の居場所なんて適当に答えればよかったのに、爆発現場に居合わせたことを自らわざわざ口にしたことです。それで私に疑われることになりました」

　管理官の眉がピクッと動いた。

　常識的に考えれば不自然だと分かる。愚鈍を演じれば、管理官も誤りを認めやすいだろう。

「これだけの犯行を繰り返してきた人間がそんな迂闊《うかつ》なミスをするとは思えん。罪の発覚を恐れていれば、事件のまさにその時刻、その場にいたと進んで告白するわけがない。犯罪者の心理として不自然すぎる。後ろめたいことが何もなかったからこそ、正直に答えたと考えるのが自然だろう」

「それはそうですが……」田丸は譲歩してみせた。「一組目の集団質問の場にいた十人中九人が落選し、そのうちの二人がすでに殺されています。仲田を除けば、被疑者は六人に絞られます。殺害の手口を考えれば、女性の犯行ではないでしょう。残った男性四人の中に真犯人はいるはずです」

「その可能性は極めて高いだろうな」

「私は――」

田丸は拳を握り締めた。

「酒巻を洗うべきだと思っています」

「酒巻？」

「酒巻計。自称ブロガーです。選任手続では死刑制度の是非に関する主張を披露しています。イデオロギーが強い人間は常に不満と怒りを抱えていることが多く、攻撃的です。〝悪〟と見なした企業や店に私刑を加える下地は充分にあります。自分が正しいと信じているもののためなら、人は自己の言動を客観視できなくなるものですから」

それは自分を含め、誰にも当てはまることだった。自分の正しさを妄信して突っ走り、大々的な逮捕劇を演じた結果、警察に大混乱を巻き起こした。

「もし裁判員に選ばれていたら、酒巻は独善的な主義主張で法廷を引っ掻き回していたはずです」

「……集団質問の場にいた一人は裁判員になったんだったな。そいつはどうだ？」

触れてくれた。

「中沢剛という、派遣で働く男性です。彼は被疑者から外れるでしょう。裁判員を務めながら殺人を犯すのは時間的に難しいはずです」

管理官は鼻で笑った。

「二件の犯行時刻は共に夜だ。昼間は裁判員をしていたから夜しか犯行可能時間がなかったとも言える。違うか？」

同感だ。

だが、田丸は反論した。反発されるためだけに。

「昼の犯行は目立つから避けただけではないですか？　そもそも、夜の仕事をしていないかぎり、大抵の人間は夜に自由な時間があります。仲田も酒巻もそうでしょう。夜の犯行が中沢さんを疑う根拠にはなりません」

強弁すると、管理官は不快そうな顔を見せた。

「中沢は裁判中はどのような態度なのか分かるか？　犯人《ホシ》だったら自分の事件の審理に立ち会っているわけだ。他の裁判員との違いがあるかもしれん」

裁判を見ずしてそこに注目するのは、さすがだと感じた。伊達に管理官になっていない。

自分が道化《ピエロ》になりさえすれば、物事が正しい方向に進む。それなら——。

「中沢さんは爆破事件を起こすようなタイプには見えませんでした。彼は法廷で検察官同様、証人を詰問していました。貝塚さんを守ろうとする弁護士に反感を抱いているようでした。犯罪行為を憎んでいることは明白です」

管理官の目がきらりと光った。

「中沢の心理に気づかないのか？　中沢がホシなら貝塚忠の有罪を望んでいるはずだ。有罪判決が出るよう、検察側の立場で裁判に参加していると考えられる」

田丸は駄目押しすることにした。

「酒巻を調べるべきです。中沢さんにこだわるのは時間の無駄です。間違った方向に進んでしまえば、取り返しがつかない事態を招きますよ」

強く主張すればするほど反発が増すことは分かっている。真実にたどり着くためなら、いくらでも道化を演じてやろう。たとえ自分がどんなにあざ笑われても構わない。犯人を逮捕することが何よりも重要なのだから。

嫌われ者には嫌われ者のやり方がある。

「いや――」管理官が言った。「裁判員になった中沢のほうが気になる」

捜査会議の流れが正しいほうへ向いた。自分を〝当て馬〟にすることで。

田丸はぐっと拳を握り締めた。爪が皮膚に食い込み、今にも涙のように血を流しそうだ。

「待ってください！」

声を上げたのは神無木だった。

場の注目が田丸から彼へ移る。

「一度くらい、田丸を信じてくれませんか」

田丸ははっとした。

「一年前の事件だって、田丸は真実を見ていました。今回の事件でも、初期から連続殺人の可能性に気づいていたのは田丸だけです。なぜまた田丸が正しいと考えないんですか」

胸に杭を打ち込まれた思いだった。自分を相棒と言ってくれる神無木に味方され、擁護されるたび、胸が締めつけられる。喉に圧迫感を覚え、息苦しくなる。

違う!

叫びたかった。

今、正しいのは管理官であって、自分ではない。

神無木は語調も荒く言い放った。

「間違った道で遠回りすれば、新たな犠牲を生みますよ! 酒巻を調べましょう!」

「いい加減にしろよ」腕組みした獅子堂が不快そうに吐き捨てた。「どこまで引っ掻き回せば気が済む?」

「真犯人を逮捕するためだろ」神無木が彼に目をやる。

「本当にそんなものがいると思ってんのか」

「これだけの状況証拠が揃っているのに、その可能性を無視できるか?」

獅子堂がわずかに顔を歪めた。

「で、お前は田丸と同じで、酒巻を調べるべきだというんだな」

「そうだ」

「……どうだか。まだその中沢という裁判員のほうが怪しく思えるけどな」

「俺は田丸を信じる」

今や、まともに神無木の顔を見られなかった。

「相棒と心中するか？」

獅子堂が口にした〝相棒〟には揶揄のニュアンスがあった。お前はもうあっち側だ、という揶揄。

「心中はしない」

獅子堂は呆れ顔で田丸を見た。

「本気で酒巻犯人説を主張するのか？　死刑制度に物申しただけで真犯人《ホンボシ》？」

「……はい」田丸は小さくうなずいた。

「神無木と自分の首を賭けるか？」

思わぬ問いだった。単なる挑発だと分かっている。捜査官同士でこの手のやり取りは日常茶飯事だ。だが、分かっていても答えられなかった。

酒巻は真犯人ではない。自分はそれを知っている。調べるべきは中沢剛なのだ。

「ほら見ろ」獅子堂は鼻で笑い、神無木を見た。「根拠薄弱のあてずっぽうに付き合ったら一緒に沈没するぞ」

そのとおりだ。獅子堂の言い分は正しい。

――神無木さん、どうか引き下がってください。私は外れ馬券です。

田丸は心の中で懇願した。

だが、神無木は揺るぎのない眼差しで言った。

「俺は相棒を信じる」

24

酒巻計を張りはじめてから三日。自称ブロガーの彼は就職していないらしく、毎日のように何らかのデモ活動に参加していた。プラカードや横断幕を掲げたり、拡声器で相手を罵倒したり、時には「うるさいぞ！」と怒鳴った一般市民と摑み合いを演じたり――。

〝正義の御旗《みはた》〟を振りかざして暴走しそうな気配はぷんぷんしているものの、もし連続爆発事件であれほどの大惨事を引き起こした犯人であれば、公安警察にテロリスト予備軍として目をつけられかねない活動は当分控えるだろう。

公安――か。

酒巻が以前からこのようなデモに中心的な存在として参加しているなら、すでに公安にマークされているのではないか。それならば、監視の目をかいくぐって事件を起こすことはそもそも不可能だ。

やはり酒巻は真犯人《ホンボシ》ではない。

分かってはいた。分かってはいたが――。

「どうした？」

酒巻のアパート近くで停車中の車内。助手席に座る神無木が訊いた。

「……いえ。彼を張り続ける意味があるのかどうか、考えていたんです」

「おいおい、確信があるんだろ？」

田丸は前方を睨んだまま何も答えられなかった。

ホンボシは中沢剛だ。そう確信している。酒巻の名前を挙げたのは、〝逆張り〟してくる管理官を誘導するためだった。

黙っていると、肩を叩かれた。

「自信持てよ！ 俺はお前を信じてる」

信頼の台詞が胸をえぐる。

「……私が間違っていたらどうします？」

「二つの事件の共通点も、貝塚の冤罪も、選任手続に参加していた裁判員候補者の中にホンボシがいることも、全部突き止めたのはお前だ。今まで一度も間違ってない」

「……だからと言って、今度もそうとはかぎりません」

神無木はしばし思案げに黙り込んだ。

「酒巻が動かないから自信なくしてんのか？」

「そういうわけでは――」

「まあ、気持ちは分かる。あんな爆発事件を起こして、しかも目撃者を口封じしているような奴が、こんなのんきにデモなんかに参加してるんだからな」

やはり神無木も薄々は不可解に感じているのだ。だが、それでも信じようとしてくれている。

どうすればいいのか分からない。

間違った人間をマークしていることだけは分かっている。正直に告げるべきか？　それこそ誠実さなのか。

それとも――。

「捜査本部を見返してやろう！」

神無木は言い放ち、酒巻のアパートへ真剣な目を向けた。

田丸は彼から視線を外し、ハンドルを握り締めたまま下唇を噛んだ。

胸がズキッと痛む。

信頼を裏切っておいて何が相棒なのか。

竜ヶ崎弁護士の話によると、中沢剛は選任手続の集団質問の場で法曹関係者に都合がよすぎるほどの優等生発言をしていた。何が何でも裁判員に選ばれたかったからだろう。偏った発言で検察官や弁護士から除外されるわけにはいかなかった――。

そして、いざ裁判員になると、手のひらを返して貝塚忠を不利な立場に追い込んでいった。

中沢剛がホンボシであることは間違いないのだ。

三十分経っても動きがなく、神無木がスマートフォンを確認した。

「今はツイッターの時間みたいだな」

「……酒巻ですか？」

田丸はアパートを見張ったまま聞き返した。

「ああ。火種を探しては〝いっちょ嚙み〟してる」

SNSを積極的に利用している酒巻は、社会的な話題があれば何にでも首を突っ込んでいた。無知な分野でも、イデオロギー的に嚙みつかねばならないと思うや、表面だけ見て批判し、暴言じみた主張を繰り返している。弱者の味方と称しているが、自分の主張に少しでも疑問を呈した〝弱者〟は敵認定して罵っている。

多方面を攻撃しているから、その都度〝敵〟が増えているのにも気づいていない。酒巻とその仲間は今では〝言葉の暴力団〟と呼ばれていた。

「〝正義の私刑〟の快楽に酔っている。気に食わない社会に対して爆発事件を起こす下地は充分なんだけどな」

「……そうですね」

我ながら心が籠っていない同意だった。

今の世の中、社会の何かを嫌悪し、怒り、それも一種の暴力であることに無自覚なまま、人を平然と傷つける暴言を吐いている人間は少なくない。攻撃や中傷をしていないだけで聖人に思えるほど、誰かや何かへの批判であふれている。酒巻のような〝怒《いか》れる人間〟はもはや珍しくなく、それだけでテロの被疑者扱いすることはできない。

酒巻は翌日、また外出した。政府批判のプラカードを抱えている。全く隠す気がないのは、主張内容が誰に恥じることもない〝絶対正義〟だと思い込んでいるからだろう。

「今日もデモみたいだな」神無木が言った。「尾行するぞ」

「はい」

「お前はサポートを頼む」

神無木が徒歩で酒巻を追っていくのを見送り、田丸はコイン式駐車場に車を移動させた。

「駅のほうへ向かってる」

耳にはめたイヤホンから声が聞こえてきた。

田丸は車を降り、駅へ歩きはじめた。住宅街の角を何度か曲がる。

神無木に無益なことをさせている、と罪悪感が募る。

酒巻を追っても徒労に終わる。付き合わせれば付き合わせるほど迷惑をかける。勘違いした〝相棒〟など早々に見切りをつけてもらうべきなのだ。

駅が見えてきたとき、再び神無木から報告があった。酒巻が向かったホームを聞き、先回りして階段を降りた。自動販売機で缶コーヒーを買いながら待機すると、視界の端に酒巻の姿が入った。一般人を装ったまま缶コーヒーを呷り、電車の到着を待つ。

二人と離れた隣の車両に乗車した。

「酒巻が降りるぞ。バトンタッチだ」

同じ人物が常に目に入ると尾行がバレるから、タイミングよく交替しながら追うのだ。

酒巻はエスカレーターで二階に上がり、改札を抜けた。駅を出て住宅地へ歩いていく。

田丸は適度に距離を取りながら尾《つ》けた。

自分はいつまで神無木を巻き込むのか。ホンボシが逮捕されたとき、自分を信じてくれた彼の評価も地に落ちる。覚悟を決めた自分だけならいざしらず——。

神無木だけでも守ることはできないか。

田丸はふと思い立ち、人通りがない住宅街で酒巻との距離を詰めた。意図的に歩調を合わせると、彼が靴音に気づいたらしく、急に振り返った。

田丸はとっさに顔を背けてみせた。

わざとらしいほどの挙動だったが、靴音が近づいてきた。人影が横目で視認できると、顔を向けた。眼前に酒巻が立っていた。敵意にあふれた顔つきをしている。

「公安だろ」

田丸は動揺を装った。

「何のことだか……」

「嘘つけ！　ついに俺も監視対象か！　国に意見しただけでテロリスト扱いか！」

イヤホンから「どうした？」と声がする。

酒巻がズボンのポケットからスマートフォンを取り出し、レンズを向けた。シャッター音が鳴る。

「顔、ネットで晒してやるからな。何とか言ってみろよ。逮捕できるもんならしてみろよ！」

黙っていると、突然、突き飛ばされた。背中を電信柱に打ちつけた。背骨に痛みが走り、思わず顔を顰める。

「ほら、どうした？　逮捕してみろよ。不当逮捕だってわめいてやるからな！」

酒巻はむしろ逮捕を望んでいる節すらあった。おそらく、国家権力の横暴に苦しめられた悲劇の被害者《ヒーロー》になりたがっている。先に手を出されて公務執行妨害で逮捕しても、警察が悪に仕立て上げられる。

酒巻は「おら！」と巻き舌で執拗に挑発してくる。結局、近所の住人が騒動を聞きつけて顔を出すまで、それは続いた。

「もう付き纏うなよ！」

酒巻が舌打ちして去っていくと、神無木がやって来た。

「何があった？」

「……尾行がバレました」

神無木は後頭部を掻いた。

「そうか」

「すみません」

「いや、ミスは誰にでもある。二人だったしな」

警察が対象を尾行するときは、通常、複数でチームを組み、確実に捕捉する。今回はほとんど単独行動に近い。

田丸は小さく息を吐いた。

「酒巻は私を公安と間違えました」

故意に尾行に失敗することで諦める口実にするつもりだったが、酒巻は思いがけず好都合な台詞を発してくれた。

「公安と？」

神無木が怪訝そうに訊く。

――気づいてください。

田丸は心の中で願った。

――あなたなら分かるでしょう？　この不自然さ。

「酒巻は公安と思い込んだんだな？」

「私を刑事課の捜査官とは思わなかったようです。それが何か？」

素知らぬ顔で聞き返した。

「……いや」

「気になることがあるなら言ってください」

躊躇を見せた神無木は、慎重な口ぶりで言った。

「普通、自分が爆発事件の犯人なら、公安じゃなく刑事課の捜査官を想定するはずだ」

――そうです。そのとおりです。

「いや、日本社会への不満からの犯行という側面があるとしたら、政治的な爆弾テロだし、公安が出てくるのも無理はないか」

――不自然さは他にもあるはずです。

「待てよ」神無木は自問自答していた。「酒巻は『逮捕できるもんならしてみろよ』って言ったんだよな？　……爆発事件の犯人ならそんな台詞出てくるか？」

そう、酒巻はいわゆる政治活動家であって、爆発事件のホンボシではない。傷害事件くらいなら起こしているかもしれないが。

「……悪い」神無木は顔を顰めた。「お前の目を疑っているわけじゃないんだ。ただ、疑問が――な」

「いえ」

沈黙が続く。

だが、意図的に作り出した対立だったので、居心地の悪さはさほど感じなかった。むしろ、神無木に罪悪感を与えたことが申しわけなかった。

「……署に戻ろう。今日は捜査会議がある」

田丸は「はい」とうなずき、歩きはじめた。

25

　捜査会議がはじまると、捜査官が順番に報告していく。

「今のところ、中沢剛に目立った動きはありません。ただ、毎回、裁判が終わった後、自分のアパートの郵便物のチェックだけをして、清水聖《しみずせい》という男のアパートを訪ねています」

「清水という男の素性は?」

　管理官が訊く。

「すみません、まだそこまでは――」

「年齢や背格好は?」

「一度も外出しておらず、確認できていません」

「ただの一度も?」

「はい」

「中沢との関係は?」

「それが……残念ながらはっきりしていません。中沢は清水の部屋で生活しているようです」

「そういう関係なのか?」

「断言はできません。ただ、妙に警戒心が強く、〝後ろめたい何か〟は間違いなく持っていると思われます」

「……そうか、分かった。今度は中沢の周辺を当たれ」

中沢剛は自宅に帰らず、毎日郵便受けだけ確認している？　そもそもなぜ清水聖という男と生活を共にしているのか。

田丸は不可解なものを感じた。

「他には？」

管理官が会議室内を見回すと、別の捜査官が立ち上がった。

「中沢のSNSアカウントを突き止め、書き込みを精査しました。削除されたものはログに残っていました。以前、中沢は裁判員候補者となって選任手続に呼び出されたことをつぶやいています」

「最近の若者は何でもネットにお漏らしする」

ホワイトボードにアカウントとツイート内容が貼られると、捜査官は手持ちの資料を一瞥した。

「中沢は『日当は一万円出るらしいし、ブラック派遣業の俺には魅力的だけど、やっぱ裁判とか面倒！』『俺なんか選んだら誰でも死刑にしちゃうぞ～』とつぶやいています。『かっこ笑い』と付いていますが、裁判員裁判にはかなりうんざりしていたようです」

「……ポーズだったのか？」

「と言いますと？」

「自分が起こした大事件の裁判員候補者に選ばれたにしては、発言が軽いな。まあ、『新宿ブラック企業爆破事件』とは何の関わりもないアピールであえて軽薄な発言をしたのかもしれんが……」

管理官は中沢剛犯人説への自信が揺らいでいるようだった。だが、方針転換されたらホンボシを逃してしまう。

「その後の発言は？」

「裁判に関するつぶやきはありませんでした。頻繁にツイートしていたツイッターですが、裁判員裁判がはじまってから一週間後を境にぴったり更新が止まっています」

「裁判に集中することにしたのかもしれんな。貝塚忠を有罪にできれば、自分は罪を免れられる。真剣にもなるだろう」

何かが引っかかる。

田丸は小声で神無木に頼んでスマートフォンを借り、ホワイトボードに貼り出されている中沢剛のアカウント名を検索した。すぐに見つかった。

目を通すと、たしかに『新宿ブラック企業爆破事件』の裁判開始の一週間後からツイートは止まっている。

遡っていくと、不自然さに気づいた。

仕事の愚痴が書かれている。

仕事を休んで裁判員裁判に参加しているにもかかわらず、毎日職場で上司から理不尽な暴言を浴びせられている苦しみがツイートされていた。

裁判員であることを世間に隠すために嘘をついているのか？　しかし違和感がある。

判明している全ての事実に意味がある前提で事件を振り返ったとき、全身に電流が走った。バラバラだったピースが繋がり、一枚の絵が現れる感覚——。

管理官が翻意してしまったらまずい。

田丸はスマートフォンを神無木に返すと、手を挙げ、何かを言われる前に立ち上がった。

「やはり正しかったのは私でしたね」勝ち誇った口調を意識した。「酒巻犯人説に鞍替えするなら今ですよ」

管理官の表情に怒りが表れた。

「そういうお前たちは何か掴んだのか」

成果を問うというより、挑発の響きを帯びていた。

「……いえ」

管理官は鼻を鳴らした。

「しかし、まだこれからです。こちらに人数を割いてもらえれば、もっと効率的に捜査できるんです」

「捜査本部の方針は変えない」

「中沢さんに怪しい部分はありません。警戒心が強いというのも、おそらく、二重生活を送っているからでしょう」

「二重生活？」

「そうです。私が想像するに、中沢さんは何らかの事情で自分を消さなくてはならなくなり、清水聖という人物になりすましているだけなのではないでしょうか」

「……その事情というやつが爆発事件だろう。ホンボシならば、別人になりすます動機になる」

予想どおりの指摘だった。

「それは不自然です」田丸は暴論を承知で反論した。「中沢さんは裁判員になって、今も審理に参加しています。赤の他人になって大事件から距離を置きたいなら、そんなことをするはずがありません。借金取りから追われているとか、その程度だからこそ、中沢剛の名前を完全には捨てていないんです」

「無実の貝塚忠を有罪にするためだろう」

「中沢さんは誰でも見られるツイッターで、裁判員候補者に選ばれたのが面倒臭かったと公言しています。犯人の言動としては不自然です」

管理官はその言葉の意味を噛み締めるように間を置いた。ちりばめた鍵《キー》が深層心理に届いたことを願う。

「なりすまし……」管理官が口を開いた。「逆かもしれんな」

「中沢が清水聖になりすましているんじゃなく、清水聖が中沢になりすましている。清水聖という男が実在するとして、だが。そう考えれば筋が通る」

そう、おそらくそれが真実だ。

管理官は捜査官たちを見回し、推理を開陳した。

「中沢は裁判員候補に選ばれたことをSNSで全世界に発信した。『新宿ブラック企業爆破事件』のホンボシである清水聖は、それを見つけ、成り代わることを目論んだ。中沢が裁判員裁判を無断欠席することを予想して行動したか、欠席するよう自ら働きかけたか、いずれにせよ、中沢の代わりに選任手続に出席し、まんまと裁判員になった」

それで違和感がなくなる。『新宿ブラック企業爆破事件』のホンボシがたまたま自分の事件の裁判員候補者に選ばれた、という筋書きは、やはりずっと引っかかっていた。偶然にしては出来すぎているものの、起きた以上は事実と考えるしかない、と自分を無理やり納得させていた。実際は犯人が能動的に行動した結果だったのだ。

捜査官の一人が手を挙げた。

「そんな簡単に〝替え玉〟が可能なんでしょうか？」

「……裁判員候補者に身分証明は求められていない。選任手続への呼出状を持参するだけでいい」

「そんな杜撰な……」

捜査官が呆れ返った声でつぶやいた。

「発覚していないだけで過去にも〝替え玉〟はあったかもしれんな。何にせよ、清水聖は制度の穴を突いたんだ。よし！　中沢剛の部屋をガサ入れするぞ。令状《フダ》を取れ。何か出てくるかもしれん。清水聖からは一時《いっとき》も目を離すな。逃げられるなよ！」

捜査官たちが「はい！」と威勢よく応じた。

田丸は納得していないようにかぶりを振ってみせた。管理官が見咎める。

「お前たちは精々、間違った道を進み続ければいい」

神無木をこちら側だと思わせたままではいけない。中沢剛が――中沢剛になりすましている清水聖が逮捕されたとき、神無木まで謀反者と見なされてしまう。

「そのことですが――」田丸は心を殺し、言った。「神無木さんとコンビを解消させてください」

「おい――」

神無木の動揺した声が横から聞こえた。彼の表情を確認することはできなかった。

「方向性の対立です」

続けると、管理官が小馬鹿にしたように笑った。

「お前と心中したくなかったんだろう」

「おい、田丸！」神無木が声を上げた。「俺は――」

彼が否定する前に田丸は管理官に言った。

「彼は『酒巻が犯人ならそんな台詞出てくるか？』と言いました。私の推理を疑っていることは明らかです」

田丸は尾行の失敗、酒巻の発言、神無木の疑念を報告した。管理官が呆れ顔で言う。

「自分が間違っていたとは思わないのか？」

「思いません。酒巻を張り続ければ、必ず尻尾《しっぽ》を出すはずです。中沢さんを追っても時間を無駄にするだけですよ」

「神無木の疑念が的を射ている。話を聞くかぎり、酒巻は無実だ」

「私は独りでも酒巻を追います」

「勝手にしろ。後悔するなよ」管理官は会議室全体に轟く声で「解散！」と言った。

神無木が何か言ってきたが、田丸は一人で会議室を後にした。

田丸はそのまま歌舞伎町へ向かった。きらびやかなネオンが輝き、活気づく通りは、自分の今の惨めさを意識させられる。歩いていると、曇り空が破れ、ぽつりぽつりと小雨が降りはじめた。

天を振り仰いだ後、嘆息と共に歩く。傘を購入する必要はないだろうと思いきや、すぐさま本降りになってきた。できたばかりの水溜まりを、雨粒の乱打が激しく破っていく。

あちこちで色とりどりの傘が花咲くように広がった。

田丸はたった一人、冷雨で濡れ鼠になりながら歩き続けた。傘を差した人々が通りすぎていく。

原色のネオン看板の群れも灰色に滲んでいる。今夜は世界全体が色あせて見えた。

道化《ピエロ》か。

そうかもしれない。社会正義のために——犯人逮捕のために自分を殺した。自分が他人に認められなくても、事件が解決することを選択した。

それは正しいことだと思っている。だが、結果的に自分を信じてくれる神無木を裏切った。失望させた。

自分の選択に後悔が付き纏う。

濡れたコートがずっしり重くなり、全身にのしかかっていた。雨が染み込んでくる。

気がつくと、『麗麗』の前に来ていた。築年数を経た雑居ビルの前に立ち尽くし、しばらく雨に打たれるままにしていた。やけ酒を呷り、徹底的に酔っ払いたい気分だった。

だが、結局、背を向けた。

自宅があるアパートのほうへ向かう。繁華街のネオンが遠のき、薄暗い住宅街が続いている。

途中、路地裏にうずくまる野良犬の姿が目に入った。無視して通り過ぎようとし、思い直して引き返した。

野良犬は大雨に打ちのめされ、毛が体にぴったり張りついている。

その惨めな姿に自分を重ねた。

田丸はコートを脱ぐと、覆ってやろうとした。だが、その瞬間、野良犬はピクッと反応し、顔を上げるや、一目散に逃げ去った。

野良犬にも置き去りにされるとは——。

田丸は孤独を抱えたままアパートに帰宅した。

26

署に出たとき、清水聖が逮捕されたと耳にした。

やはり——。

取調室に向かうと、部屋の前で神無木と鉢合わせした。気まずさのあまり、田丸は目を伏せた。

「……中沢剛の遺体がアパートの押し入れから発見されたそうだ。真空にした布団圧縮袋とゴミ袋で何重にも密封されていたってさ」

腐敗による臭気対策だろう。

「そう——ですか」

殺されている可能性は考えていた。諸々の物証や状況証拠が清水聖逮捕の決め手になったのだろう。中沢剛が殺されている以上、彼になりすましている清水聖が無関係であるはずがない。

「俺らは——最後の最後で誤ったんだな」

神無木の口調には悔しさが滲み出ていた。

「違います。誤ったのは私です」

「お前は俺を信じなかったが、俺はお前を信じていた」

胸に痛みが走る。

「ここまで正しい道を進んできたのにな……」

返す言葉がない。

「……取り調べを見ます」

そう言うのが精いっぱいだった。

田丸は取調室の隣室のドアを開けた。マジックミラーで取り調べの様子を覗けるようになっている。

足を踏み入れようとしたとき、先客の管理官が立ちはだかった。文字どおり仁王立ちだった。

「何の用だ？」

露骨な敵意が表れている。

「……事の顚末を見届けたいと思いまして」

「お前は酒巻を張り続けるんじゃないのか？　こんなところで油を売っている暇はないだろう？」

下手に出るしかない。

「私が——間違っていました」田丸は拳を握り締めた。惨めさを嚙み締めていたが、神無木の失望を目の当たりにしたときの罪悪感に比べたら大した問題ではない。「真実を見届けさせてください」

「今さら虫のいい話だな。さんざん盾突いておきながら」

本庁の捜査官が「お前のせいで組織がどれだけ引っ掻き回されたと思ってる」と吐き捨てた。

「……申しわけなく思っています」

一年前の連続殺人では、単独行動のすえの暴挙で上の人間の首がいくつか飛んだ。憎まれるのも無理はない。

「待ってください」

背後からの声に振り向く間もなく、神無木が進み出た。田丸は押しのけられる形になった。

神無木が管理官と対峙した。

「連続殺人だったことも、選任手続に参加していた人間の中にホンボシがいることも、突き止めたのは田丸でしょう。捜査本部は最初から間違っていました」

管理官が怒気をあらわにした。

「正しい道の一本くらいなら誰でも言い当てられる。肝心なのは犯人を逮捕することだ」

「最初の道が間違っていたら、最後まで迷走するだけでしょう。捜査本部が手柄だけ横取りしたも同然です」

「何だと？」

「今回は田丸が――」

「神無木さん」

田丸は彼の腕を摑んだ。視線が向けられると、かぶりを振った。無言の意思表示――いや懇願だった。

神無木は引き下がり、管理官に「申しわけありません」と頭を下げた。

管理官はふんと鼻を鳴らした。

「結局、お前は最後まで田丸の味方をするんだな」

「……相棒ですから」

躊躇は一瞬だけで、神無木はきっぱり言い切った。

田丸は胸に突き刺さった痛みをこらえた。結局、神無木の評価を守ることはできなかった。それどころか、巻き添えにし、一緒に捜査本部の敵にしてしまった。

管理官は田丸をねめつけた。

「これに懲りたら二度と勝手なまねをするな。お前に振り回されたら事件が〝オミヤ〟になってしまう」

オミヤ——。

事件の迷宮《オミヤ》入りを意味する警察の隠語だ。

「……見たければ勝手に見ろ」

管理官はマジックミラーに向き直った。言い争っている時間が無駄だと考えたのだろう。

田丸は一礼し、室内に入った。

取り調べを担当しているのは、獅子堂ではなかった。〝落としの獅子〟と異名をとる彼も、第一線から締め出されてしまった。清水聖がホンボシならば、無実の貝塚忠を自白に追い込んだことになる。

注目度が高い重大事件での誤認逮捕は、警察の威信を根底から揺らがせる。獅子堂も『新宿ブラック企業爆破事件』では誤ったのだ。

この取り調べは不適任だと見なされたのだろう。

「貝塚さんを有罪にするために裁判員になりすましたんだな?」

取り調べを担当しているベテラン捜査官が追及した。

「……選任手続じゃ、呼出状さえ持っていれば、身分証も不要だから簡単になりすませる。前に裁判員候補に選ばれたとき、それを知って、利用できると思った」

今後、身分証の提示を義務づけても、偽造すれば同じことだ。これは一般市民が拙速で参加させられる裁判員制度の本質的な問題とも言える。

「どうやって中沢さんと知り合った？」

「ＳＮＳを検索して、今回の事件の候補者に選ばれたことをつぶやいている人間を探したんだよ。で、記者を名乗って接触した。取材名目で謝礼で釣ったら簡単だった」

　新聞記者が取材で謝礼を払うことはまずない。それを知っている者なら偽記者を疑ったかもしれない。

　清水聖の話によると、〝正義の人〟というアカウント――自分は常に正しいと思い込んでいる、ずいぶん傲慢なアカウント名だ――のＤＭ《ダイレクトメッセージ》で中沢剛をうまく言いくるめ、喫茶店で会う約束を取りつけたという。彼が選任手続に参加しないように誘導し、記事の参考にしたいと騙して呼出状を預かったらしい。

「中沢さんをなぜ殺した？」

「ＤＭで呼出状の返還を求められて、バレそうになったから黙らせた。喫茶店で顔を知られているからそうするしかなかった」

　清水聖は事もなげに答えた。

『新宿ブラック企業爆破事件』は長期裁判だから、結審まで月日がかかる。途中でなりすましがバレたら全てが終わる。清水聖は強い危機感を抱いたのだ。

　清水聖の供述によると、貝塚を有罪に導くために裁判に入り込んだものの、選任手続の集団質問の場で慄然としたという。爆発現場に居合わせた人間が三人も目の前に立っていた。悪夢としか思えなかった。罪を免れることは許さん、と神がこの場に集めたのではないか。

貝塚の無実を証明する現場を目撃している人間がいるのではないか、と不安になり、素性が分かった二人を殺害した。有罪になれば死刑が確実だから、口封じの連続殺人にもためらいがなかった。

「磯山ゆう子は、会社帰りを狙った。昼間は裁判があるから、夜、会社を張った。尾行したら、自分のマンションとは逆方向へ向かっていったよ。思い切って声を掛けたら、ストーカーが自宅に来ていると話した。好都合だと思った。だから、近くの交番に案内するよ、って騙したら、疑わずについてきた。そこで人気《ひとけ》がない公園を通過するコースを選んで、殺した」

磯山ゆう子が帰宅ルートとは違う場所で殺害されていた理由が分かった。

「内村佳樹さんは？」

「歌舞伎町のホストクラブをネットで検索して、選任手続で見た顔を捜した。それから見張って、帰宅するところを尾行したよ。たまたま人通りがあったから、そのときは手を出せなかったけど、好都合なことにすぐ団地を出てきたから、そこで刺し殺し、路地に隠した」

「連続爆破の手口をエスカレートさせたのは、小さな爆発じゃ飽き足らなかったからか？」

清水聖は眉根を寄せた。苦悩と怒りを湛えているように見えた。

「……あれは俺のせいじゃない」

「は？」

「俺はちゃんと死傷者が出ない場所に置いておいたんだ。それなのにあの馬鹿が会社の入り口の前に運んだせいで、あんなことになったんだ。そんなこと、誰も予想できないだろ。俺が悪いわけじゃない」

これで貝塚忠の主張が事実だと判明したわけだ。

ベテラン捜査官がデスクを叩いた。

「人のせいにするな！」

清水聖はふてぶてしい態度で鼻孔を膨らませた。

「悪いのは貝塚だろ。何で俺が代わりに責められなきゃならないんだよ。『ビューティー・ネロ』爆破の罪はあいつが償うべきだ」

「お前が企業や店舗に爆発物を仕掛けたから、起こった大惨事だ。責任逃れをするな」

「天罰は社会が望んでただろ」

「天罰じゃなく、身勝手な〝正義の私刑〟だ」

「弱者が搾取される社会を変えるには、一人一人が声を上げる必要があるんだ。許せないものに『俺は許せない』『私は許せない』って、怒りの声を上げ続けることが大事なんだよ」

隣の神無木が「何を正当化してやがる」と吐き捨てた。「酒巻と同じだな」

──あるいは世の中の大勢と。

「個人の主観で私刑を加えられる世の中なんて、俺はごめんだ」

田丸はうなずいた。

「いったん何かを批判しはじめると、次々に気に食わないものが出てきます。神無木さんの言うように個人の主観で標的を探して攻撃ばかりしていると、結局は不寛容な社会を作るのではないでしょうか」

「清水はその極致だ」

「主義主張、思想、考え方、好き嫌い──。人はみんな違います。自分の主観的な論理や倫理で誰かや何かを攻撃することを良しとする風潮を作れば、同じ論理や倫理で他の誰かや何かが攻撃される世の中になります」

今の世の中、色んな〝不寛容〟があふれている。新幹線の車内で乗客が食べる飲食物の匂いだったり、電車に乗せるベビーカーだったり、公共の場の赤ん坊の泣き声だったり──。なぜそんな『総クレーム社会』が加速しているのか。

主観にすぎない個人的な嫌悪や怒りを無理やり社会問題と結びつけ、批判を社会正義と思い込んで『これが許せない』と息巻く者の存在こそ、実は〝不寛容〟な社会を助長しているのではないか。結局のところ、誰かや何かの存在を許さない他の人々も、同じく主観の嫌悪や怒りで声を荒らげているにすぎないのだから。

清水聖は語調荒く言い募っていた。

「死傷者を出すまで、社会は俺の味方だった。クソな企業や店が爆発騒ぎで右往左往するたび、ネットは大盛り上がりだっただろ。もっとやれ、もっとやれ、次はあそこを狙え、って」

「お前がやったのはテロと同じだ。無責任なネットの声に煽られてテロを繰り返した」

清水聖の顔から冷静の仮面が剝がれ落ちた。

「テロじゃない！」

「テロだ」

「企業や店は搾取する側——いわゆる権力だろ。俺は労働者をないがしろにする権力が許せなかった。全共闘みたいなもんだよ」

「全共闘？」

「親父がよく昔を懐かしんで語り聞かせてくれたよ。学生のころ、不誠実な大学当局に立ち向かった、一体となって機動隊とぶつかったってな。石や火炎瓶を投げつけて。国家権力に負けるもんか、って鼓舞し合って。あのころは誰もが熱かった、今の若者にはそんな気概はないって毎日のように聞かされた。爆弾の作り方はそんな親父が自慢げに教えてくれたしな」

父親の教育の賜物《たまもの》か。過激なイデオロギーを見せられて育った人間の末路だ。

テロが社会正義のつもりとは——。

清水聖は語るうち、陶然とした表情になってきた。

「それがどうだ。今の日本じゃ、誰もが保身に走ってる。これじゃ、国は変わらない。優れた能力があっても、社会に認められない。それはもう存在していないも同然だ」

気炎を吐き切ると、清水聖は息をついた。

「……そうか。それが動機か」

ベテラン捜査官が身を乗り出した。

「それ？」

「社会正義を唱えているくせに、根底にあったのは、ただの承認欲求だろ」

ベテラン捜査官は、清水聖の主張の中で隠しきれなかった本音を見逃さなかった。

「そんなに自分の人生は不遇か？　それは社会が悪いのか？」

清水聖は下唇を噛み締めたまま、デスクの上の拳を睨みつけた。吐き出す息に怒気が籠っている。

「社会の何が不満だ？」

取調室に沈黙が降りてくる。

ベテラン捜査官は忍耐強く待った。やがて、清水聖が言葉を漏らした。

「満たされなかった……」

「何が満たされなかった？」

「何もかもだよ。一流大学を出た俺が何で三流大の奴に頭を下げなきゃならない？　司法試験にも合格できず、先を越されて……俺はもっと認められるべきだ。もっと評価されるべきだ。不遇だろ。理不尽だろ」

清水聖はイデオロギーではなく、社会の中で自分が認められないという鬱屈した思いが募って犯行に駆り立てられていったのか。

社会の中で認められたい、注目されたいという思いは誰でも多かれ少なかれ持っている。インターネットの存在はそれを可視化しているのではないか。

捜査の過程でインターネットに触れる機会が増え、そう感じるようになった。

誰もが気軽に意見を公開できるようになり、今までは井戸端の陰口や個人的なクレームにすぎなかったものも、世界中に発信して賛同者を集められるようになった。声の大きい数十人が集結すれば世論のように見える。

自分の批判や愚痴や不満がパワーを持ち、ガソリンとなって標的を燃やせる気分はどんなだろう。自分にとって不快な存在に対し、賛同者と共に声を荒らげれば、企業や店に謝罪をさせられるのだ。

自分が許せない誰かや何かに対してSNSでクレームを煽動し、仕掛ける〝攻撃〟が物理的にエスカレートしたのが清水聖だ。自分が正義と信じているもののために怒りを撒き散らし、注目されるのは、誰にとっても快感なのだ。決して本人は認めはしないだろうが。

「爆発事件を起こして何か認められたのか、社会で」

「世の中の誰もが腹を立てているクソな企業や店が天罰を受けて、みんな胸がすく思いをしただろ」

「お前は神じゃない。身勝手な正義で他人に罰を与える権利は持っていない」

清水は机の上で拳を震わせている。

「畜生……」

魂を吐き出すようなつぶやきだった。

「畜生。俺は……俺は正義なんだ。正義の体現者なんだ。居場所が……居場所がなかっただけなのに、何でこんなことに……」

悪と違い、正義には歯止めが利かないからこそ、自分を心底正しいと思い込んでいる人間は暴走しがちだ。ひとたび暴走すればもうブレーキは壊れ、後はエスカレートするだけ――。

だが、清水の言い分の一部が理解できる自分もいた。

居場所――か。

果たしてこの先、自分に居場所はあるのか。

一年前は結果的に犯人逮捕に繋がったから、単独行動も表向きは処分されなかった。マスコミに英雄視されている刑事を不遇に扱えば、自分たちの分がますます悪くなる、という打算があったからかもしれないが。

だが、今回は格好の口実を与えてしまった。捜査本部に逆らい、その上、最後に誤った。おそらく、これから先、出世は見込めないだろう。組織から許されるまで日陰者に甘んじなければならない。

ある意味、清水聖は自分と紙一重だと思った。自分ももしかしたら別の形で清水聖になっていたかもしれない。

田丸はぐっと拳を握り締めた。

自分の選択は間違っていなかった。そう思いたい。決して自分が主人公《ヒーロー》になれなくても、道化としてあざ笑われても、事件が解決すればそれでいい。

取調室では清水聖が自己正当化を繰り返し、自分の正義を主張し続けていた。

田丸は踵を返し、部屋を後にした。

エピローグ

前代未聞の事件に報道は過熱していた。清水聖の経歴や私生活、個人情報を掘り下げるのはもはや当然で、友人知人へのインタビューなど、希代の殺人犯として扱われている。

ある番組では、身分証明が不要で簡単に他人になりすませる裁判員裁判の不備を非難していた。

ある番組では、法廷で裁かれている無実の貝塚忠が同情されていた。

ある番組では、誤認逮捕した警察の無能ぶりが糾弾されていた。

田丸はアパートでテレビを観ていた。番組の中で顔を隠した目撃者がインタビューに答えている。

「——貝塚さんの話は事実だと思います。僕は事件があった日、中年男性に絡まれている配達員を目撃しているんです」

コメンテーターが「本当ですか！」と大袈裟な驚きの声を上げた。

「はい。荷物を放置するなって言われて、植込みの段ボールの小箱を拾わされていたんです。その配達員はうんざりした顔で拾って、『ビューティー・ネロ』の入り口に放置して立ち去ったんです。『おいおい、それじゃ配達したことにはならないだろ』って思ったので、よく覚えています。その後、社員が段ボールの小箱を会社の中に運び込んで、その直後にあの大爆発。九死に一生でした」

「現場に居合わせたんですか」

「タイミングがほんの少しでも違えば直撃されるところでした」

「なぜ当時証言されなかったんですか」

答えるまでに間があった。

「言いわけになるんですが、段ボールの小箱と爆発を結びつけなかったので、目撃したことに意味があると思わなかったんです。会社に遅刻しそうだったので、すぐその場を離れましたし、ニュースでも貝塚さんの主張は報じられなかったので……」

逮捕された〝犯人〟の主張を詳細に報じるマスコミは少ない。有罪前提の記事の最後に、『○○容疑者は容疑を否認している』と付け加えられる程度だ。

しかし、清水聖の逮捕により、ようやく貝塚忠の主張内容が大々的に報じられるようになった。その結果、こうして目撃者が現れたのだ。

清水が現場で成果を眺めていたとしたら、配達員によって爆発物が移動させられた場面を目にしていただろう。その配達員を目撃している人間がいたことも。

清水は、配達員と中年男性のやり取りを目撃した人間の存在を恐れるあまり、現場付近にいた人間を殺害したのだ。

思えば皮肉な結末だと思う。

疑心暗鬼と不安に囚《とら》われて殺人を犯し、結果として逮捕された。しかも、貝塚の否認内容がクローズアップされ、こうして目撃者が自ら姿を現した。

配達員に絡んで段ボールの小箱を運ばせた中年男性が見つかれば、貝塚の無実も証明されるだろう。撮影していたという動画が消されていなければ決定的な物証になる。

清水の自白があるとはいえ、起訴の取り消しは容易ではないのだ。

新宿署に行くと、刑事課では蔑《さげす》むような眼差しに迎えられた。清水の逮捕後からますます疎まれている。無理もない。管理官に盾突いたあげく、主張した自説が間違っていたのだから。

書類仕事を終えて出口へ向かったとき、後ろから声がかかった。

「なあ」

田丸は立ち止まった。ゆっくり振り返った先に立っているのは、神無木だった。

見返すと、彼は黙ったままだった。

「何でしょう?」

「結局、最後まで蚊帳の外だったな、俺たち」

顔にも声にも悔しさを滲ませていた。

田丸は答える術を持っていなかった。黙っていると、神無木が続けて口を開いた。慎重な口ぶりで。

「お前は本当に酒巻を疑っていたのか？」

「どういう——意味でしょう？」

「思い返してみると、酒巻を張っているときのお前は、それほど緊迫感を持っていなかった気がして、な。死傷者を大勢出した上に口封じで連続殺人も行っている真犯人《ホンボシ》で、捜査本部が無視する中、証拠を摑もうと張っていたんだぞ。それこそ、酒巻の一挙手一投足を見逃すもんか、って気合を入れて、神経を張り詰めさせるだろ」

「……私はそうしていました」

「本当か？」

「ええ。私は感情が顔に出にくいから伝わらなかったんでしょう。汗を握り込みながら張っていました」

神無木は疑り深そうに目を細めた。

「……捜査本部に花を持たせようとしたんじゃないのか？」

田丸は苦笑した。

「まさか」

それは的外れだ。

「手柄を譲ってあげられるほど、私に余裕はありません」

神無木は釈然としない顔で黙り込んだ。

「私は――ホンボシを逮捕するために全力を尽くしただけです」

それだけは事実だ。

自分が道化になれば、捜査本部が真実を見てくれると思った。もしかしたら最善ではなかったかもしれないが、結果的には正しかった。

神無木は小さく息を吐いた。

「全力を尽くして、最後の最後で誤ったってのか?」

真実を話してしまいたい衝動に駆られた。だが、言葉は寸前で呑み込んだ。

何をどう説明しようと、相棒を裏切ったことには変わりない。相談すらせず、巻き込んでしまった。

なぜ黙って行動したのか。止められると思っていたのか、反対されると思っていたのか。あるいは、神無木が捜査会議で管理官に嚙みついて面倒なことになると危惧したのか。

自分は根底で神無木を信じていなかったのかもしれない。

自分を信じてくれた神無木を信じず、裏切った。今さら何を弁解するつもりなのか。

「功を――」田丸は言葉を絞り出した。「焦りました。捜査本部を出し抜こうと焦るあまり、ホンボシを見誤ったんです」

「……それでいいんだな？」

懇願の響きを聞き取った。神無木自身、聞きたい答えを求めているのが分かった。たぶん、最後の最後まで信じてくれようとしているのだ。

それでも――。

彼が望む答えを返すことはできなかった。

「それが事実です」

断言すると、神無木は失望した顔を見せた。唯一の希望に繋がる糸を断ち切られたかのように。

「期待に応えられず、すみません」

もう彼と目は合わせられなかった。

「……いや」神無木は渋面でかぶりを振った。「悪かったな。くだらないこと言って」

「いえ……」

一度欺いたなら、最後まで欺きとおすべきだ。弁解して理解を求める資格はない。

彼に失望されたとしても、それは自分が受けるべき罰なのだ。

自分は相棒失格だ。

「……失礼します」

田丸は辞儀をし、新宿署を出ようとした。

「今出ると目立つぞ」

「え？」と振り返る。

「今日、清水聖が〝検事調べ〟を受ける」

検察官が起訴・不起訴を決めるため、被疑者を直接取り調べることだ。

「そうですか。私は今回は脇役ですから、誰も見向きもしませんよ」

神無木を残して新宿署を出たとき、建物の前に陣取るマスコミ関係者や野次馬が目に入った。

警察側が意図的にリークしたとは思えないが――。

脇役は脇役らしく脇へよけると、やがてドアが開き、警察官に取り囲まれた清水聖が出てきた。世の中全てを敵視しているような面貌《めんぼう》だ。手錠を嵌められ、腰縄をされている。

一斉にフラッシュが焚《た》かれた。

清水聖は顔を伏せることもなく、周辺を睨み回した。手錠で繋がれた腕を持ち上げ、中指を立てる。

辺りが騒然とした。

その瞬間だった。

田丸は視界の片隅に人影の動きを捉えた。はっとして顔を向けると、野次馬を掻き分けるようにして中年女性が駆け出てきた。手に光るものが握られていた。そのまま清水聖に突進していく。

まずい――。

全員、反応が遅れていた。

凍りついたような時間の中、田丸は誰よりも先に動いた。清水聖と中年女性のあいだに反射的に割って入っていた。

砂袋がぶつかるような衝撃を食らった。密着する中年女性が目を剝いていた。

「あっ……」

状況が認識されるや、中年女性の顔に怯えが浮かんだ。法廷や犯行現場で見かけた遺族だった。

田丸は腹部の熱を自覚し、一歩後退した。

中年女性は血に濡れたナイフを握り締めたままだ。

視線を落とすと、コートの脇腹付近が裂け、鮮血が滲んでいた。思わず手のひらで触ると、べったりと生暖かい液体の感触がする。

悲鳴が響き渡る中、背後で清水聖がわめき立てている。何だこいつは、早く逮捕しろ、殺人未遂だぞ――。

中年女性の指から力が抜けるようにナイフが落ちたとたん、警察官が我に返ったように彼女に駆け寄り、取り押さえた。羽交い締めにされた彼女が悄然とした顔でつぶやく。

「どうして……どうして邪魔するんですか……」

中年女性のつぶやきが自分に向けられているのに気づき、田丸は激痛に顔を顰めながら訊いた。

「なぜこんなまねを？」

中年女性は清水聖を睨みつけた。必死な形相で身を乗り出す姿は、首輪で押さえつけられている闘犬を思わせる。

「あなたが邪魔しなければ、あいつは――」

田丸は痛みを抑えるために息を浅くした。これだけは、告げなくてはならない。

「……家族を奪われた苦しみは筆舌に尽くしがたいものでしょう。私にも家族がいて理不尽で身勝手な犯罪で殺されたとしたら、この手で復讐《ふくしゅう》したいと思うでしょうし、倫理との狭間で葛藤《かっとう》するでしょう。しかし、日本は法治国家です。罪を裁くのは個人ではなく、法です」

「で、でも――」

「あなたが彼を殺せば、彼の家族が今度はあなたやその家族に恨みや復讐心を抱くかもしれません。憎悪は憎悪を、私刑は私刑を呼びます。だからこそ、法があるんです」

法を逸脱した私刑を容認してしまえば、清水聖の爆発事件も正当化されてしまう。

中年女性はまだ何か言いたそうに口を開いたものの、殺人未遂の現行犯で手錠を嵌められるや、がっくりと肩を落とした。

わめき続ける清水聖を押し込んだ車両が発車した。

そちらに気を取られたのか、誰にも見向きもされない。マスコミは駆け足で車を追うようにして去っていく。

田丸は脇腹を押さえたまま、意識が遠のいていくのを感じた。膝から力が抜け、視界が傾ぐ。そのまま地面まで落ちていく――。

そう覚悟したとき、落下は途中で止まった。胸が受け止められていた。

何とか踏ん張って上半身を起こすと、支えてくれているのは神無木だった。

「どうして……」

「気になって戻ってきたら、お前が刺されるところだった。まったく、無茶しやがって」

「……かすり傷です。刃《は》が刺さったわけではありません。見た目ほど大したことはありませんよ」

「強がるなよ。心に刺さった刃のほうが痛いってか?」

「え?」

神無木は「ほらよ」と言いながら、肩を貸してくれた。

「病院へ連れて行ってやる」

車のほうへ歩く途中、彼は前を見つめながらぽつりと言った。

「お前は――正しいことをした」

「……どうでしょうか。綺麗事です。遺族の心の傷を思えば、復讐を遂げさせたほうがよかったのかもしれません。しかし私は——」

「そうじゃない。今回のこと全てだよ」

絞り出すような声だった。

「お前は悩んで悩んで、苦しんで苦しんで、事件を真実に導いた。これ以上の苦しみはいらないだろ」

田丸は彼の言葉にはっとした。

「もう俺を守ろうとするな。相棒は対等なもんだろ」

様々な感情が奔流となって込み上げてきた。

遠回しな言い方は、最後にひとかけらだけ残ったプライドを守ろうとしてくれているのだと分かった。その上でまだ〝相棒〟と言ってくれていることが何よりも嬉しかった。

だからもう、すみませんとは謝らなかった。

田丸は「はい」とうなずいた。

心も体もボロボロだったが、もう痛みは感じなかった。

解説——刑事の孤独

織守きょうや（作家）

『刑事の慟哭』は、田丸茂一という一人の刑事を——彼の刑事としての在り方と孤独を描いた物語だ。

本書の主人公である田丸は、著者の別作品『叛徒』においては、脇役として登場したキャラクターである。

彼は本当は優秀な刑事であるのに、周囲からは無能なダメ刑事だと思われ、事件が迷宮入りする、お宮入りの「オミヤ」と呼ばれて馬鹿にされている——それが何故かについては、ここでは触れない。本書に登場するのは、まだ「オミヤの田丸」ではなかったころの彼だ。本書から下村作品を読み始める読者もいるだろう。その場合は、何も知らず読み進められたほうが、きっと、本書のラスト、刑事としての、田丸の最後の選択が胸に迫るはずだ。

もちろん、『叛徒』における曲者刑事田丸に魅力を感じ、彼の過去を知りたくて本書を手にとった読者も多いだろう。そういった読者も、本書で、あの切れ者で曲者の刑事がどのように形作られたのか、その始まりを知ることができる。

二つの作品の、どちらから先に読むかで、それぞれの作品の印象はかなり変わるのではないだろうか。いずれにしても、田丸が魅力的なキャラクターであることに変わりはない。


しかし、読者にとっては魅力的でも、田丸は、本書においても、初登場した『叛徒』においても、警察内部では厄介者である。しかも『叛徒』の時点では、本人はひょうひょうとしているものの、周囲からは、事件をお宮入りさせてしまうような、無能な刑事として嘲笑されている。

いったい何故、そうなったのか。そこには、彼の刑事としての信念と矜持が隠されている。


実際のところ、田丸は決して無能な刑事ではない。『叛徒』を読んだ読者はもちろん、未読の読者でも、この物語を読み始めれば、すぐにそうと気づくだろう。彼はむしろ、非常に優秀で、情熱的な刑事である。しかし、本書の冒頭の時点から、彼は上司に疎まれ、同僚たちからも白い目を向けられている。

彼はかつて、ある殺人事件の、皆が見過ごしていた可能性に気づいて真相を追い求め、真犯人をたった一人で逮捕した。彼は間違いなく正義をなしたのだが、運命のいたずらが重なり、結果的に、警視庁本部の捜査一課の面々に睨まれ、上司や同僚も含めたほとんどすべての警察官から敵視されることとなってしまう。その事件については『叛徒』でも本人の口から少し語られたが、本書では、その後の彼が職場でどのような扱いをうけ、どう思いながら過ごしていたかが、より詳細に描かれる。

彼は配属先である新宿署でも居場所がなく、捜査の中心から外され、嫌がらせのような仕事ばかりを振られるなど、警察組織の中で「使い古しの雑巾のごとく」ひどい扱いを受けている。

相棒の神無木だけは好意的に接してくれるが、田丸は彼に対しても、自分の相棒であったばかりに貧乏くじを引かせてしまった、という負い目を感じている。

田丸自身は、自分を軽んじる上司や同僚に表立って反発することはほとんどなく、自分の置かれた状況を受け容れ、半ばあきらめているようにも見える。しかし、決して刑事としての情熱を失ったわけではない。その証拠に、そんな扱いを受けながらも彼は、捜査会議で感じた疑問や意見を口に出し、そのたび上層部にはねつけられている。そして、後に彼の意見が正しかったとわかっても、一顧だにされない、そんな日々を送っている。

そんな中、百人町で女性会社員が殺害される事件が起き、容疑者が逮捕される。田丸は、彼が無実で、真犯人は別にいるのではないかと疑いを持つが、当然彼の言葉は上司や同僚たちに聞き入れられない。

その後、間を置かず発生した二件目の殺人事件で、今度は田丸自身が被害者の刺殺死体を発見することとなるが、そこでも彼はまた、ほとんど無意味としか思えない聞き込み捜査を命じられ、あからさまに捜査の本筋から遠ざけられる。

それでも彼は、無駄かもしれない聞き込み捜査を丁寧に行いながら、事件と、そして刑事としての自分自身の思いと向き合っていく。

坦々と刑事としての職務を果たしながら、自分の心の奥底にひとかけらの自尊心が残っていることに、彼自身も気づいている。

そしてやがて、彼は、無関係に思えた二つの殺人事件の共通点を発見し、また、その二つの事件が、さらに大きな事件とつながっている可能性に気がつく。


この物語の冒頭では、ある爆破事件と、その事件の裁判員裁判候補者に選ばれた男性の様子が描かれるため、読者は、どこでこの事件が二つの殺人事件とつながるのか、と思いながら読み進めることだろう。そこは下村敦史のこと、無駄な描写は一つもない。ここがこうつながるのか、とわかったところから、物語は一本の流れとなって加速していく。こうなるともう、ページをめくる手を止められなくなる。

また、冒頭で起きた爆破事件については、二件の殺人事件の捜査がされている間、すでに刑事公判が開かれているため、やり手の弁護人とやり手の検察官の攻防がリアルな裁判員裁判の様子も描かれる。私は弁護士でもあり、刑事弁護の経験もそれなりにあるので、フィクションの弁護士を見る目は自然と厳しくなってしまうのだが、魅力的な新キャラクターである竜ケ崎弁護士は、同じ弁護士の目から見ても有能で、その弁護方針は納得できるものだし、冤罪が作り上げられていく過程もとてもリアルだ。法廷でのシーンは、それだけでもおもしろく、読み応えがある。

裁判の傍聴や、弁護人とのやりとりを経て、田丸は三つの事件をつなぐもの、一つの可能性に気づくのだが——本文の二四九ページで、衝撃的なある可能性が示されたここに至っても、私は、そこから物語がどう転がるか全く予測がつかなかった。

そこから一気に読み進め、真相に気づいたときには、ミステリの醍醐味である、謎が解ける心地よさを味わった。冒頭のシーンから、すべてがつながったときの驚きと爽快感は、ミステリが読みたい！　意外な真相に驚きたい！　という思いでこの本を手にとった読者を満足させるに違いない。

さて、読者とともに田丸も真相にたどりつくが、この小説はそれだけでは終わらない。警察官の中でただ一人真相に気づき、しかし、誰も自分の言うことは信じてくれない、という孤立した状況に立たされた田丸が、刑事として、どう行動するか。それが、この小説の最後にして最大の読みどころと言っていい。

田丸がこの後どのような刑事になるか、先に『叛徒』を読んで知っている読者は、まだ迷い、悩んでいたころの彼の姿を、彼がどんな葛藤を乗り越えて現在の彼になったのかを、目撃することになる。

そして、本書で初めて田丸に出会った読者は、彼の、あまりにつらい選択に胸を突かれるだろう。

本書においては、居場所がないということ、孤独が、さまざまな登場人物たちの行動の根底にある。

田丸が事件を追う過程で、殺された被害者も、加害者も、居場所を求めていた人間であることが浮かびあがってくる。そして田丸自身も、居場所を作ろうとして居場所を失った人間だ。

その彼が、その行動のもたらす結果を理解したうえで、それでも事件解決のため、最後に選んだ——選ばざるをえなかった方法は、切なく、やるせない。彼を応援しながら読んでいる読者からすると、もうちょっと器用に立ち回れないものかともどかしく思うところもある。

しかし彼の選択は、彼が、彼自身の信じる刑事であろうとした結果である。

田丸茂一はひとかけらの自尊心を捨てて、刑事として、するべきことをしたのだ。

田丸が誰よりも情熱を持った刑事であることを知っているから、読者にとっても、彼のこの選択は辛い。

しかし、本書のラストには救いがある。彼のそばには理解者が残る。

田丸は強い人間で、一人で立つ覚悟を持って行動したが、それでも、理解者の存在がなければ、これから先、彼が刑事であり続けることはできなかったかもしれない。

そうして彼は、苦悩し続けながらも、刑事としての矜持を持って、「オミヤさん」となった。

刑事として、孤独な闘いはこれからも続くだろう。

しかし、たった一人でも理解してくれる人間がいれば、人は本当の意味で孤独ではないのだ。

《参考文献》

『実務家のための裁判員法入門』後藤昭／四宮啓／西村健／工藤美香 著　現代人文社
『ハンドブック刑事弁護』武井康年／森下弘 編著　現代人文社
『目撃供述・識別手続に関するガイドライン』法と心理学会・目撃ガイドライン作成委員会 編　現代人文社
『刑事弁護の技術と倫理―刑事弁護の心・技・体』佐藤博史 著　有斐閣
『入門 法廷戦略―戦略的法廷プレゼンテーションの理論と技術』八幡紕芦史／辻孝司／遠山大輔 著　現代人文社
『証拠収集実務マニュアル』（第3版）東京弁護士会法友全期会民事訴訟実務研究会 編　ぎょうせい
『聞いた！答えた！なるほど刑事弁護』大阪弁護士会刑事弁護委員会 編　現代人文社
『弁護のゴールデンルール』キース エヴァンス 著　高野隆 訳　現代人文社
『法廷弁護技術』（第2版）日本弁護士連合会 編　日本評論社
『実践！　刑事証人尋問技術　事例から学ぶ尋問のダイヤモンドルール』ダイヤモンドルール研究会ワーキンググループ 編著　現代人文社
『目撃証人への反対尋問―証言心理学からのアプローチ』ブライアン・L・カトラー 著　浅井千絵／菅原郁夫 共訳　北大路書房
『事実認定の基礎』（改訂版）伊藤滋夫 著　有斐閣
『公判前整理手続を活かす』日本弁護士連合会裁判員本部 編　現代人文社
『公判前整理手続を活かすＰａｒｔ２（実践編）』日本弁護士連合会裁判員制度実施本部 著　現代人文社
『刑事手続の最前線』渡辺修 編著　三省堂
『「逮捕・起訴」対策ガイド―市民のための刑事手続法入門』矢野輝雄 著　緑風出版

『新版 供述調書記載要領』捜査実務研究会 編著　立花書房
『捜査心理ファイル―捜査官のための実戦的心理学講座 犯罪捜査と心理学のかけ橋』渡邉 和美／宮寺貴之／鈴木護／横田賀英子 著　渡辺昭一 編　東京法令出版
『裁判員（あなた）が有罪、無罪を決める―実践ガイド模擬裁判員裁判』九州大学法学部刑事訴訟法ゼミナール編　大出良知 監修　現代人文社
『刑事尋問技術』山室惠 編著　ぎょうせい
『ご近所の悪いうわさ増刊 冤罪Ｆｉｌｅ No.16』宙出版
『ご近所の悪いうわさ増刊 冤罪Ｆｉｌｅ No.19』宙出版
『裁判員のための記憶と証言の心理』榎本博明 著　おうふう
『陪審裁判への招待―アメリカ裁判事情』メルビン・Ｂ・ザーマン 著　篠倉満／横山詩子　共訳　日本評論社
『殺人犯を裁けますか？―裁判員制度の問題点』田中克人 著　駒草出版
『取調べと供述調書の書き方』捜査実務研究会 編著　立花書房
『公判に強い捜査実務１０１問』（改訂第三版）河村博 著　立花書房
『ドキュメント 裁判官』読売新聞社会部 著　中公新書
『陪審裁判を考える』丸田隆 著　中公新書
『激論！「裁判員」問題』木村晋介 監修　朝日新書
『アメリカ人弁護士が見た裁判員制度』コリンＰ・Ａ・ジョーンズ 著　平凡社新書
『裁判員制度の正体』西野喜一 著　講談社現代新書

本書は、二〇一九年九月に小社より単行本として刊行されたものです。

双葉文庫

し-43-01

刑事《けいじ》の慟哭《どうこく》

2021年7月18日　第1刷発行

【著者】
下村敦史《しもむらあつし》
©Atsushi Shimomura 2021
【発行者】
箕浦克史
【発行所】
株式会社双葉社
〒162-8540 東京都新宿区東五軒町3番28号
［電話］03-5261-4818(営業)　03-5261-4831(編集)
www.futabasha.co.jp（双葉社の書籍・コミックが買えます）
【印刷所】
大日本印刷株式会社
【製本所】
大日本印刷株式会社
【カバー印刷】
株式会社久栄社
【DTP】
株式会社ビーワークス

【フォーマット・デザイン】
日下潤一

落丁・乱丁の場合は送料双葉社負担でお取り替えいたします。「製作部」宛にお送りください。ただし、古書店で購入したものについてはお取り替えできません。［電話］03-5261-4822（製作部）

定価はカバーに表示してあります。本書のコピー、スキャン、デジタル化等の無断複製・転載は著作権法上での例外を除き禁じられています。本書を代行業者等の第三者に依頼してスキャンやデジタル化することは、たとえ個人や家庭内での利用でも著作権法違反です。

ISBN978-4-575-52483-3 C0193
Printed in Japan